TAKE
SHOBO

フォンダンショコラ男子は
甘く蕩ける

ひらび久美

ILLUSTRATION
蜂 不二子

フォンダンショコラ男子は甘く蕩ける

CONTENTS

イラスト／蜂不二子

フォンダンショコラ男子は甘く蕩ける

Presented by
Hiraki Kumi
and
Hachi fujiko

序章

「ふ……あ……」

深く熱くなっていくキスに夢中で応えているうちに、ブラウスの裾から彼の手が忍び込み、素肌を滑るようになでた。熱い大きな手のひらを感じて、美渚（みな）の背筋が反射的に反る。

「あぁっ」

思わず声を上げげた唇を貪られる。彼の手が脇腹をなで上げ、やがてブラジャーの上から胸の膨らみをそっと包み込んだ。

「……っ」

美渚は反射的に息を呑み、彼の唇が離れた。

「美渚の中からあいつの記憶を消してしまいたい」

直後、再びキスで唇をふさがれたかと思うと、彼に腰を引き寄せられ、下着の上から胸を柔らかくなで回された。その指先が肩紐にかかり、ゆっくりとずらされる。彼の手のひらが膨らみに直接触れ、指先で尖りを刺激されて、美渚の腰が大きく跳ねた。

「ひゃぁんっ」

思わず仰け反ると首筋にキスが落とされた。

「俺じゃダメか？」

かすれた声で問われて、美渚は彼の方を見た。いつもは冷たい切れ長の目が熱情をたたえて、美渚をじっと見つめている。その間も、彼の指先は美渚の胸の先端を弄(もてあそ)んでいる。

「んぅ……」

美渚は耐えるように目をギュッとつぶり、息を吐いた。体がほてって、鼓動が頭の中に大きく響く。

「ダメ、じゃない」

そう答えた直後、また首筋に彼の唇が触れた。今度は強く押し当てられたかと思うと、軽く吸われてチリッとした痛みが走る。

このまま彼にすべてを委ねてしまいたい。身も心もそう熱く訴えるけれど――。

第一章 〝鬼〟パティシエと〝神〟営業マン

「今日からここで働くんだぁ」

香月美渚は目の前にそびえる十二階建ての白壁の建物を見上げて、うっとりとした表情で息を吐いた。

今日は十月になったばかりの月曜日。秋の朝の爽やかな青空を背景にして、老舗デパート、三葉神戸店は繁華街の一角にどっしりと建っていた。その地下一階に入る洋菓子ブランド、株式会社ラ・トゥール神戸店が美渚の新しい職場だ。

兵庫県北部の田舎町出身の美渚が、ここ神戸に来たのは五年半前。大学に通うため、親元を離れて一人暮らしを始めたときだ。地元でスイーツショップといえば、駅前の寂れた商店街にある和菓子屋と洋菓子チェーン店ぐらいだったため、見目麗しく繊細な味わいの〝神戸スイーツ〟に、美渚は瞬く間に魅了された。とくに気に入ったのが、神戸発祥の洋菓子店、株式会社ラ・トゥールのスイーツだ。一九七〇年創業のラ・トゥールは、現在では日本各地の大手百貨店の洋菓子売り場に店舗を構えている。各店舗にはパティシエやパティシエールがいて、ラ・トゥールとしての洋菓子はもちろん、その店舗限定のオリジナル商品を製造・販売しているのが大きな魅力だ。

　美渚は暇さえあればラ・トゥールのオリジナル・スイーツを食べ歩き、ついにはその好きが高じて、大学卒業後、ラ・トゥールに契約社員として就職した。九月末までの一年半、同じ兵庫県でも郊外にある百貨店内の店舗で販売員をしていたが、十月一日付けで、学生時代に数度訪れたこの神戸店へ異動になった。今日はその初出勤日なのである。

（卒業する前に来て以来だから、神戸店は一年半ぶりだよね～。店員さんの顔は全然覚えてないけど、仲良くなれるといいなぁ）

　新しい職場に新しい出会い。スイーツみたいに甘い恋をするチャンスがあるかも、と美渚は期待に胸を膨らませながら、建物の裏手にある従業員通用口に向かった。バッグから名刺サイズのラ・トゥールの社員証を取り出して、片側だけ開いている守衛室の窓の前で足を止める。

「おはようございます。本日付けでこちらのラ・トゥールに配属されました香月美渚です」

　守衛室の窓から、五十代半ばくらいの男性警備員が、白い紙を挟んだ茶色のクリップボードを差し出した。

「聞いてます。入店証はまだなんですよね？」

「はい、今日いただく予定です」

「それじゃ、ここに住所、氏名、所属を記入してください」

美渚はクリップボードを受け取って付属のボールペンを取り上げ、言われた通りのことを記入した。クリップボードを返すと、警備員が受け取って腕時計を見る。

「入店時刻は……八時五十八分、と」

サラサラと記入しながら、美渚に言う。

「早いですね」

「はい。出勤前に制服を受け取ることになっているんです」

「そう。じゃ、いってらっしゃい」

警備員が濃紺の帽子の下で微笑んだ。

「いってきます」

美渚は会釈して中に入った。従業員通用口の横は荷物搬入口になっていて、開店前のこの時間、生鮮食品の業者や商品を積んだトラックがあわただしく出入りしている。

（えっと、営業担当の波田中（はたなか）さんって方に、売り場で制服をもらえばいいんだよね……）

本社人事部からの指示を思い出しながら、荷物用エレベーター横の階段に向かい、地下一階へと下りた。和菓子と洋菓子の店舗が集まるそのフロアには、同じ神戸に本社を置くバウムクーヘンの老舗や、数年前に爆発的に人気の出たロールケーキの店のほか、全国的に有名なパティスリーがいくつも入っている。十時開店のデパートにはまだ店員の姿はほとんどない。これからみんな出勤してくるのだ。

（ラ・トゥールの店舗は……確かエスカレーターの近くにあったよね）

　大学時代に買い物をしたときの記憶を頼りに、新たな勤務先を探した。以前と同じく、フロアの奥寄りの角にライトブラウンを基調とした明るい店舗があった。手前には、クッキーやフィナンシェなどの洋干菓子のショーケースと洋生菓子のショーケースがLの字に配されていて、その奥が厨房になっている。厨房の外壁には腰高のカウンターがあり、販売員はそこで商品の包装などを行うのだ。

　美渚は営業担当者の姿を探して、洋干菓子と洋生菓子のショーケースの間の狭い通路に半身を入れ、ラ・トゥールの店舗をキョロキョロと見渡した。だが、売り場に人の姿はない。通常、早番のときの勤務時間は九時半からだが、今日は勤務時間前に制服を受け取ることになっていたので、早めに出勤したのだ。

（早く来過ぎちゃったかな）

　せっかく時間もあることだし、と美渚は新しい職場のことを覚えようと、ドキドキしながら一歩中に入った。

（うわ～、お客として来たときには入れなかった憧れの店舗！　今日、ついに記念すべき第一歩を踏み入れましたぁ！）

　興奮しながらもう一歩進んだ。ケーキなどの生菓子は、出勤してから品出しすることになっているので、当然ショーケースは空だ。干菓子のショーケースの方は上に白い布がかけられている。布の隙間から覗くと、高級感のあるブラウンの箱に入った商品見本が並んでいるのが見えた。

（配置は前の店舗とだいたい一緒かな？　でも、在庫はこっちの方が圧倒的に多そう）

背後の腰高のカウンターを振り返って、在庫の場所を確認しようとカウンター下の棚を覗き込んだとき、カチャリと音がして厨房のドアが開いた。

（あ、そっか、製造担当の人がいたんだ！）

腰を伸ばして振り向いた美渚の前に、パティシエの白い制服姿の男性がぬっと立った。身長一五八センチの美渚より二十センチくらい高い彼の切れ長の目が、白い帽子と白いマスクの間から鋭く見下ろしている。美渚が挨拶をしなきゃ、と思ったとたん、彼が険しい口調で言った。

「誰もいないからって勝手に売り場に入るな」

その低く威圧的な声に、美渚の胃がキュッと縮み、体がすくみ上がった。

「わ、私」

どうにか説明しようと口を開いたが、美渚の言葉に男性の言葉が重なる。

「どこの店舗のアルバイトだ？　ライバル店の偵察にでも来たのか？　ほら、さっさと売り場から出ろ」

冷たい目を向けられ、完全に部外者扱いされて、美渚はどうしていいかわからなくなった。ライトグレーのロングカーディガンの裾をキュッと握ったとき、背後から明るい男性の声が聞こえてきた。

「おはようございます。神戸第二営業所の波田中一樹(かずき)です」

「波田中さん⁉」

美渚は天の助けが来た、とばかりに勢いよく振り返り、思わず息を呑んだ。その場に立っていたのは、ブラックの細身のスーツを着こなした三十歳くらいの男性だ。身長は美渚と十センチくらいしか変わらないものの、並の俳優よりも整った甘めの顔立ちに、にこやかな笑みを浮かべている。直前まで対峙していた氷のような視線の持ち主と比べれば、彼の柔らかな茶髪の背後から、後光が差しているようにさえ見える。

（まさに救いの神……）

ホーッと息を吐く美渚に、一樹がにっこりと笑いかけた。

「はい、波田中です」

そのまぶしい笑顔に勝手に鼓動が速まり、美渚はドギマギしながら自己紹介をする。

「あの、私、今日からこちらでお世話になります、契約社員の香月美渚です」

「ああ、キミが香月さんか。事務所で待ってくれてるのかなと思ってたんだけど、直接売り場に来てたんだ。よろしく」

一樹がその笑顔のまま、白い制服の男性に視線を移した。

「香月さん、こちらは……」

一樹に促すように言われて、男性がマスクと帽子を外した。鼻筋の通ったキリッと整った顔が現れたが、鋭い目つきのせいでかなり冷たい印象を受ける。

「主任パティシエの吉野蒼介だ」

「は、販売担当の香月美渚です。今日からよろしくお願いします」

美渚はぺこりと頭を下げた。顔を上げたとき、蒼介の眼光は緩んでいたが、美渚を怒鳴ってしまったことが気まずいのか、仏頂面のままだ。

「さっきは悪かった」

「いいえ。私も先に厨房に人がいらっしゃるか確認して、ご挨拶するべきでした」

「そうだな。そうしてもらえたら、無駄な時間を過ごさずにすんだ」

蒼介の愛想のない低い声に、美渚は肩身が狭くなった。ラ・トゥールでは早番のパティシエの出勤時間は午前七時だ。売り場に並べるたくさんの洋生菓子を製造しているのだから、朝のこの時間は一分一秒が惜しいはずだ。

「これからは私服で売り場に入らないようにしてくれ」

彼に言われて、美渚はもう一度頭を下げた。

「申し訳ありませんでした」

「きちんと仕事をしてくれればそれでいい」

蒼介はぶっきらぼうに言って美渚に背を向け、すたすたと厨房に戻っていく。その後ろ姿がドアの向こうに消えて、美渚の肩から力が抜けた。

「大丈夫？」

一樹に心配そうに顔を覗き込まれ、美渚はあわてて笑顔を作った。

「あ、はい」

「香月さんは初めてここに来たんだから、ほかに言いようがあると思うんだけどなぁ。吉野さんは今二十八歳だったかな。二十四歳で主任パティシエになったくらいだし、腕はいいんだろうけど、愛想が最悪なんだよね〜。いかにも職人って感じでさ。まあ、パティシエが接客することはまずないから、別にいいんだけど」

一樹はそう言って肩をすくめ、手に持っていた白い紙袋を差し出した。

「これがこの店舗の制服。バックヤードに入って左手に更衣室があるから、そこで着替えてね。ロッカーにはネームプレートが出てると思うから、それを探して使って。鍵はこれ。それからこれが入店証。明日からは守衛室の読み取り機に通してから入店してください」

一樹は銀色の小さな鍵と薄緑色のキャッシュカードのような入店証を美渚に渡した。

「ありがとうございます」

「九時半になったら店長の辻岡（つじおか）さんが来るから、詳しい話を教えてくれると思うよ。やることは前の店舗とほとんど変わらないけど、こっちの方が忙しいかな」

「がんばります」

美渚が言うと、一樹が目を細めて彼女を見た。

「香月さんって確か今、二十三歳だったよね？」

「はい」

正確に言うと、今月末の日曜日で二十四歳になる。

一樹が美渚の全身をさっと見てから言う。

「なんていうか……まだ大学生くらいに見えるね」

その言葉に、美渚は視線を落とした。高校卒業と同時に神戸に出てきたものの、どうしてものんびりした田舎の雰囲気が抜けないらしく、周囲のおしゃれな女子大生に溶け込むことができなかった。やや下がり気味の眉のせいか、子どもの頃から頼りなく見られがちだ。実際、しっかり者の長姉と要領のいい次姉に比べれば、かなりおっとりしているといえる。

（一年半も社会人をしてるのに、学生に見られるなんて）

美渚の落ち込んだ様子に気づいて、一樹が笑いながら言う。

「いい意味で言ったんだよ。大人っぽいんじゃなくて、かわいいってこと。大学生みたいにフレッシュってことだよ」

（もしかして今、私のことを『かわいい』って言ってくれた⁉）

美渚が聞き間違いかと思いながら顔を上げると、一樹が本当だよというように明るい笑顔でうなずいた。

（えぇーっ！　波田中さんみたいなイケメンが、私なんかをかわいいって……！）

感動のあまり気持ちが舞い上がり、蒼介に怒られて落ち込んでいた気持ちもどこかへ吹き飛んだ。

（波田中さんみたいな神様がいるかと思えば……）

美渚は厨房に視線を送った。

（鬼みたいなパティシエもいる。吉野さん、まだ怒ってるかなぁ……）

厨房に通じるドアには小窓があって中の様子が見えるが、美渚の立っている場所からは厨房の壁が見えるだけだ。

一樹が美渚に声をかける。

「そろそろ着替えておいで。店長が来るまで俺も売り場にいるから」

「はい」

美渚は一礼して、バックヤードに向かった。〝STAFF　ONLY〟と書かれた立て看板の横を通って、観音開きの白いドアを押して中に入る。コンクリートがむき出しの通路をキョロキョロ見回すと、一樹の言葉通り、左側の廊下に〝従業員用更衣室〟と書かれたプレートが出ていた。女性用更衣室のドアを開け、入り口のカーテンを引いて入る。中にはすでに数名の女性の姿があった。

「おはようございます」

美渚が声をかけると、他のパティスリーや和菓子店の女性が着替えたり、メイクを直したりしながら、「おはようございます」と返事をした。

美渚は彼女たちの邪魔にならないように気を遣いつつ、縦長のロッカーの扉を端から順に見ていく。中程に〝ラ・トゥール香月〟と書かれたネームプレートが貼られたロッカーがあった。両隣ともラ・トゥールの従業員のロッカーで、右隣には〝ラ・トゥール高柳〟、左隣には〝ラ・トゥール村木〟というプレートが貼られている。

（ここが私のロッカーね）

前任の契約社員が辞めるとき、規定通りに片付けていったので、ロッカーにはハンガーが四つかかっているだけだった。美渚はロングカーディガンを脱いでハンガーにかけ、紙袋から、クリーニング店のビニール袋に包まれた制服を取り出した。ダークブラウンのジャケットとタイトスカート、白のブラウスだ。身に着けているライトブルーのカットソーと白いプリーツスカートを脱いで、制服に着替えた。

規定では丸い帽子の中に髪を隠さなければならないため、ロッカーの扉裏の小さな鏡に顔を映して確認する。鏡の中の、下がり眉が特徴の平凡な顔を見つつ、落ち着いたマロンブラウンのセミロングヘアを後頭部でまとめ、それを中に入れるようにして帽子を被った。

胸ポケットにボールペンを差し、支給されている透明のトートバッグにハンディタオルとポケットティッシュ、貴重品を入れる。

（これで準備完了！）

シンプルなブラウンの革の腕時計を見ると、針は九時十七分を指していた。バックヤードの出口前にある姿見に全身を映して、身だしなみを確認してからフロアに出る。ほかの店舗にもすでに何人か出勤していて、ショーケースを拭いたり商品を並べたりしながら、開店準備を始めていた。美渚は急ぎ足でラ・トゥールの店舗に戻った。

「お待たせしました」

美渚の言葉に一樹がにっこり笑った。

「大丈夫だよ。制服、似合ってるね」

「え、あ、ありがとうございます」

彼のようなイケメンに褒められると、ラ・トゥール神戸店の店員なら誰もが着ている制服なのに、特別な衣装のように思えてしまう。

美渚が照れて指先をもじもじと絡めたとき、一樹が視線を美渚の背後に向けた。

「ああ、ちょうど店長が来たね。辻岡征司（せいじ）さん。三十八歳で、店長職に就いて十年になる頼れるベテランだよ」

彼の言葉に振り向くと、売り場をキビキビと歩いてくる男性の姿を見つけた。美渚と同じダークブラウンのジャケットとスラックスに、こちらは白いワイシャツ姿だ。身長一七〇センチくらいで、柔らかな眼差しの誠実そうな顔立ちをしている。

「おはようございます。香月さんですね？　店長の辻岡征司です」

店長がにこやかに微笑みかけた。美渚は背筋を伸ばして挨拶をする。

「おはようございます。香月美渚です。ここで働けることを楽しみにしていました。よろしくお願いいたします」

「こちらこそ。もしかして、ここに買い物に来てくれたことがあったかな？」

店長に訊かれて、美渚は元気よく返事をする。

「はい！　最後に来たのは一年半前ですが、それ以前にも何度か来ています」

店長が嬉しそうに目を細めた。

「それはありがとう。どこかで見かけたことがあるような気がしたんですよ」

常連といえるほど買い物をしたわけではなかったのに、客の顔を覚えているなんてさすがは店長、と美渚は尊敬の眼差しで彼を見た。店長が表情を引き締めて言う。

「聞いていると思いますが、前の契約社員の女性が急に辞めてしまいましてね。香月さんも突然の異動で大変かもしれないけど、ここの売り場はアルバイトも含めて若い女性が多いので、すぐに馴染(なじ)めると思いますよ」

店長の言葉に美渚は内心ホッとした。

（若い女性が多いんだ。でも、やっぱりみんなおしゃれな子たちばっかりなんだろうなぁ）

店長がバックヤードの出入り口に視線を送った。

「アルバイトと契約社員の方が来ましたね」

店長の言葉に、美渚は彼の視線の先を見た。二十歳くらいの女性と三十代半ばくらいの女性が並んで歩いてくる。

「おはようございます」

二人の女性が売り場に入ってきた。美渚が挨拶を返し、店長が二人に美渚を紹介する。

「こちら、今日からうちに配属になった契約社員の香月美渚さん」

「よろしくお願いします」

美渚はお辞儀をした。

「こちらがアルバイトの高柳有華さん。大学三回生だったかな？」

店長の言葉にうなずいたのは、美渚より少し背が低く、猫のように丸くぱっちりした目と艶のある唇が魅力的な女性だ。

（キレイな子）

ついつい見とれてしまった。髪は帽子で隠れていてよく見えないが、生え際は美渚より少し明るい色なので、柔らかな茶に染めているようだ。

「八月からうちに来てくれています。普段は土日と講義のない月曜日に入ってくれます」

「よろしくお願いしま～す」

有華が明るい声で言った。

「それから、こちらが香月さんと同じ契約社員の村木亜紀さん」

店長に示されて、もう一人の女性が会釈した。すらっと背が高く、色白で頬骨の辺りにソバカスが目立つものの、穏やかな笑顔が印象的だ。

「神戸店に来て一年半になります。よろしくお願いします」

亜紀に教えられ、美渚は荷物の入ったトートバッグをカウンター下の荷物入れに入れた。

「これで早番のメンバーが全員揃いましたね。では、朝の挨拶をしましょう」

店長が厨房のドアをノックして、中から白い制服姿の男性が四人出てきた。店長が美渚に、主任パティシエとパティシエ、見習いパティシエの二人を順に紹介してくれたが、全員白い帽子にマスクを着けているので、やたらと目つきの鋭い蒼介を除けば、ほかの三人は同じように見えてしまう。私服のときに会ったら名前と顔が一致するかどうか怪しい。

店長が七人を前にして言う。

「木曜日の折り込みチラシで、秋のケーキが特集されました。うちは和栗とカボチャと紫芋のモンブランを掲載しましたが、チラシの効果もあって週末の売り上げが伸びています。今日から十月になりましたが、いよいよ秋本番ということで、このままの勢いを維持できるよう、積極的にお客様にお声がけをしてください」

店長が販売員に視線を向け、三人が「はい」と返事をした。店長は続いて四人のパティシエに向き直る。

「それから、もちろん厨房の方も注力商品が切れないようにお願いします」

「はい」

パティシエ陣も声を揃えて返事をした。店長が背筋を伸ばして言う。

「それでは今日も一日よろしくお願いいたします！」

「よろしくお願いいたします！」

販売員、パティシエ全員で声を揃えて、朝の挨拶が終わった。パティシエたちが厨房に戻り始めたとき、一樹が美渚に近づき、シルバーの名刺入れから一枚抜いて差し出した。

「これ、俺の名刺」

「あ、ありがとうございます。ちょうだいいたします」

美渚が恭しく受け取ったあと、一樹が彼女の耳元に唇を寄せてささやく。

「裏に携帯番号を書いておいたから、わからないことや困ったことがあったら、いつでも連絡して」

イケメンに至近距離でささやかれるという慣れない事態に、美渚の心臓がドクンと不規則に鳴った。姿勢を正した一樹が、甘い笑顔で「ね？」と念を押すように言った。

「あ、は、はい。ありがとうございます！」

美渚は頬がカッと熱くなるのを感じて、ドギマギしながら頭を下げた。

「それじゃ、がんばってね」

一樹に言われて、美渚がチラリと見ると、彼はにこやかにうなずいた。

「はい、がんばります！」

美渚の返事に彼はもう一度うなずき、店長に近づいていく。その後ろ姿を美渚がボーッと見送っていたら、厨房のドアが開き、パティシエの一人が、板重と呼ばれるクリーム色の薄型の運搬容器を両手で持って出てきた。長方形の板重の中には、注力商品のモンブランが並んでいる。ショーケースの後ろにある腰高のカウンターに板重を置きながら、パティシエがじろりと美渚を見た。その鋭い視線から、彼が蒼介なのだとわかった。

「おい」

低い声で話しかけられ、美渚は反射的に背筋を伸ばした。

「は、はは、はいっ」

「もう勤務時間は始まってるんだ。いつまでもヘラヘラしてるなよ」

「ヘラヘラなんて……」

言いかけた美渚に、蒼介が冷ややかな視線を向ける。

「波田中さんに名刺をもらってだらしない顔でニヤニヤしてただろ。そんな顔をお客様に見せるんじゃないぞ」

美渚は唇をキュッと引き結んだ。ヘラヘラしていたつもりはないが、ニヤニヤしていなかったとはいえない。

「すみません」

「最初から気を引き締めとけば、謝る必要なんてないんだ」

「はい、すみま……」

再び謝りそうになって、蒼介に睨まれているのに気づき、ハッと口をつぐんだ。

「吉野さん、ロールケーキはいくつ出しますか？」

厨房から見習いパティシエに声をかけられ、蒼介がそちらに顔を向けた。彼の冷たい視線から逃れられて、美渚は胸をなで下ろした。

（私ってよっぽどさっきの印象が悪かったのかなぁ）

肩を落とす美渚に亜紀が声をかける。

「香月さん、品出しをお願いできますか？」

「はい！」

美渚は気持ちを切り替えて元気に返事をし、一樹の名刺をトートバッグに入れた。

「前の店舗と同じ要領でやってくれていいと思いますが、ケーキの並べ方は違うかもしれないので、説明しますね」

「はい」

美渚は亜紀の指示を受けながら品出しを始めた。ショーケースの一番下の段にはゼリーやプリンなどのグラスに入った商品を並べ、注力商品は一番客の目に留まりやすい上段に置いた。残りのケーキは色や種類を考慮しながら見栄えよく並べる。蒼介はといえば、板重が空いたのを見計らって次のケーキを入れた板重を運んでくる。亜紀や有華とすれ違っても、彼女たちにはとくに冷たい視線を向けることもなければ、威圧的な声で話しかけることもない。

（厳しく言われたのって……私だけかぁ。目を付けられちゃったかな……。これ以上鬼パティシエに怒られないよう、しっかりしなくちゃ）

できるだけテキパキと動いて、店長、亜紀、有華とともにお客様を迎える体制を整えた。デパートの開店時間の五分前には、各売り場の店員がショーケースの横に姿勢よく並んだ。だいたいどこの百貨店でも行われているように、この時間は低音量で店内放送が流れ、〝いらっしゃいませ〟から始まる接客十大用語を売り場のスタッフ全員で唱和するのだ。

唱和してはお辞儀をすること十回。続く『開店二分前です』のアナウンスを聞きながら、美渚は鬼パティシエの冷たい表情を頭の中から追い出し、一樹の笑顔を思い浮かべた。あの甘い笑みを思い出すだけで胸が高鳴り、『わからないことや困ったことがあればいつでも連絡して』という彼のささやき声が耳に蘇るだけで、頬が緩んでしまう。

（あ、いけない。ニヤけた笑顔にならないようにしないと）

気持ちを引き締めたとき、隣に立っていた有華が、美渚の方へわずかに体を傾け、声を抑えて話しかけた。

「波田中さんから名刺をもらってましたよね？」

美渚が横目で見ると、有華の目は向かい側にある高級果物店経営のパティスリーをまっすぐ見ていた。美渚も視線を前に戻しながら、小声で答える。

「はい」

「あれはね、波田中さんが営業社員だからなんです。彼は誰にでもすぐに名刺を渡すんです。だから、自分が特別扱いされたとか勘違いして舞い上がったりしないでくださいね」

有華に釘を刺すように言われて、美渚はギクリとした。営業社員は受け持ち店舗の売上・労務管理のほか、取引先との折衝や販促イベントの企画などを行うのが仕事だ。多くの人と接するのだから、一樹にとって名刺を渡すのはごく自然な行動で、深い意味はないのだろう。

（それなのに、私って吉野さんだけじゃなく、高柳さんにまで気づかれるくらい、だらしない顔でニヤニヤしてたんだ……）

店長や村木さんにもきっと気づかれてるだろう、と思うと、恥ずかしくなった。だが、そのとき『開店一分前です』というアナウンスが流れ、美渚は口角を引き締めた。

（ダメダメ、新しい職場なんだから、初日から失敗しないよう、余計なことは考えないで気合いを入れてがんばらないと！　さ、笑顔、笑顔！）

そう自分に言い聞かせて、お客様を迎えるべく明るい笑顔を作った。

第二章　鬼だって笑う

十月の午後七時は少し肌寒いが、美渚は歩きながら体がほてってくるのを感じていた。地下鉄湊川公園（みなとがわこうえん）駅から北方向へ、途中で長い坂道を上った先に、大学時代から一人暮らしをしているマンションがあるのだ。五年以上歩いている道なので苦にはならないし、静かな環境も気に入っている。それでも、白い外壁の五階建てマンションが見えてきたときには、ロングカーディガンを脱ぎたい気分になっていた。

オートロックを解除してガラス張りのエントランスに入り、エレベーターで五階に上がった。共用廊下の一番先にある南西の角部屋が美渚の部屋だ。ダークブラウンのドアに鍵を差し込み、開けて部屋に入る。

「ただいまぁ」

誰もいない部屋に向かってつぶやき、靴を脱いで壁のスイッチを押した。白っぽいライトに１Ｋの部屋が照らし出される。入ってすぐの左側にキッチン、右側にバスとトイレがある。その間にある短い廊下の先が居室で、真ん中に鎮座しているのはライトブラウンのオーバル型ローテーブルだ。左の壁際にはシングルベッド、右の壁際にはテレビがあり、バルコニーに続く窓を背にしてベージュのラブソファが置かれている。ソファは一人暮らしを始める前に姉たちが見立ててくれたものだが、ラブソファというネーミングに美渚は恥ずかしさを覚えたものだ。

『ねえ、なんで二人掛けソファって言わないの？』

そう尋ねた美渚に、姉二人が訳知り顔で答える。

『そんなの、恋人と座るからに決まってるじゃない。美渚も大学生になったら彼氏の一人や二人くらい作りなさいよ』

恋人と座るからというのがラブソファの正しい由来なのかは今でもわからないが、そのときの姉たちの言葉を思い出すたびにへこんでしまう。

（彼氏の一人や二人どころか、男友達の一人もできてないよぅ……）

心の中でつぶやき、ソファにハンドバッグを無造作にのせ、ローテーブルに紙袋を置いた。中身は勤務先の地下で買った弁当だ。それから、クローゼットの扉を開けてロングカーディガンをハンガーに掛けた。冷蔵庫から緑茶のペットボトルを取り出し、グラスと一緒にローテーブルに並べて、ソファに座る。

「いただきまーす」

いざ紙袋から弁当を出して食べようとしたとき、ハンドバッグの中のスマートフォンが振動音を立て始めた。

（お母さんかな？）

左手でハンドバッグの中を探り、白いスマホを取り出した。液晶画面に表示されているのは、案の定〝お母さん〟の文字。美渚はスマホをスピーカーホンにしてローテーブルに置いた。

「はーい」

美渚の間延びした声に、母の明るい声が返ってくる。

『美渚、お母さんよー』

「うん、言われなくてもわかるよー」

美渚は言いながら、曲げわっぱ風のプラスチック製弁当箱のふたを開けた。おいしそうなキノコご飯弁当が顔を出す。

『今日から新しい職場だったんでしょう？』

どこかワクワクしたような母の声が聞こえてきた。

「うん」

美渚は返事をしてキノコご飯に箸を入れた。仕事中は四十五分の昼食休憩と三十分の途中休憩をもらえるものの、三時にクッキーと紅茶を口にしたきり飲まず食わずだったので、もうお腹がペコペコだった。

『どうだったの？』

「どうって……今までとそんなに変わらないよ」

美渚はキノコご飯を口に入れた。さすがにデパ地下の弁当だけあって、キノコもたくさん入っていて、出汁の味が生きた味付けもおいしい。

『なにかヘマとかしてない？』

「してないよ」

（ニヤけた顔をしてたのを、鬼パティシエとバイトの子に咎められたくらいだもん）

美渚は心の中で答えて、キノコご飯を味わった。

『美渚はお姉ちゃんたちと比べて、昔っからどこか抜けてて頼りないでしょう？　お母さん、あなたが働きながら一人暮らしをしてるってだけでも心配なのに、今度は神戸店に異動になったなんていうじゃない。よりによってあんな人の多い忙しそうなところ……。美渚がお客様にご迷惑をおかけしないか、お母さん、気が気じゃなくて……』

美渚は内心ため息をついた。

「お母さんってば心配しすぎだよ〜。私、働き始めて一年半になるんだよ」

『だって、高校の入学式のときのことを思い出してごらんなさいよ』

八年以上前の話を持ち出されて、美渚は顔をしかめた。

「そんな昔の話……」

『美渚ってば、式のあと初めて教室に向かう途中で、一人でトイレに行って、広い校舎で迷子になってたじゃないの。自分のクラスの場所がわからなくなったって、お母さんに携帯で電話してくる子なんて、ほかに知りませんよ！』

美渚は緑茶をグラスに注ぎ、グラスに口をつけてぼそぼそと言う。

「だって……ほかに方法を思いつかなかったんだもん……」

美渚の入学した高校は戦後すぐにできた伝統ある高校で、何度か増改築されたその校舎は、美渚にとってはちょっとした迷路のようだった。あとで案内図を見たら、校舎がEの字型になっていることに気づいて、もう迷わなくなったのだが。

『それに神戸に引っ越したときだって、お母さんがついて行くっていうのを聞かずに一人でスーパーに行って、帰り道がわからなくなってたでしょ』

「それは初めて来た土地だったから……」

美渚が小声でブツブツ言うと、母の大きな声が返ってきた。

『お母さんはね、あなたのことが心配でたまらないのよ！』

「でも、私、今月で二十四歳になるんだよ」

美渚は言って、焼鮭に箸を差した。

『だからこそなのよ！　安心して美渚を任せられるようなステキな彼氏でもいれば、話は別なんだけどねぇ……』

話の矛先が怪しくなってきて、美渚はゴホンと咳払いをした。

「あー、お母さん、私、今ご飯食べてるんだ。だから、続きはまた今度でいい？」

美渚が電話を切りたがっていることを察知して、母が落胆した口調で言う。

『そんなこと言って、相変わらず彼氏の一人や二人も作れてないのね』

「一人や二人って、彼氏は一度に一人でよくない？」

美渚の言葉を遮るように、母がぴしゃりと言う。

『一度に一人どころか、これまでの人生に一人もいないくせに』

美渚は頬を膨らませて、焼鮭に箸をプスプスと刺した。

『あー、ホントに心配だわぁ。二十四になろうかというのに、彼氏の一人もできないなんて……』

母は大きなため息をついて続ける。

『美音（みお）なんて、十九歳の頃からお付き合いしている彼と、結婚の話が出てるくらいなのよ。ハイスペックなイケメンじゃないのが残念だけど、美音一筋なところが誠実でいいのよね～』

母のうっとりした声が聞こえてきた。

（さすがは恋愛小説が大好きなお母さん。〝ハイスペックなイケメン〟だなんて）

その表現に笑みを誘われたが、『それに比べてあなたは』と母が話を続けている。現在二十八歳の一番上の姉と比較され、美渚はせめてもの反撃に、と二歳年上の姉の話題を引き合いに出す。

「美希姉さんは二ヵ月前に彼氏と別れたじゃない」

『美希にはもう新しい恋人ができたわよ』

（わぁ、自分で自分の首を絞めてしまった）

母の返答を聞いて、美渚は話題を選び間違えたことを悟った。

『美希は運命の相手を探し出して、恋の旅路を着実に歩んでいるのよ。美渚もがんばらなくちゃ』

たんに彼氏の回転が速いだけなのだが、母に言わせると、男性経験豊富な次姉は運命の男性に巡り合う旅の途上にいるらしい。

『ねえ、前の配属先には既婚者しかいないって言ってたけど、今回の職場はどうなの？』

「どうって……」

『この際、同じラ・トゥールの人じゃなくてもいいじゃない。違うフロアの三葉神戸店の社員とか、出入りの業者さんとか』

母の声は次第に興奮を帯びてきた。

「だって、今日初出勤したばかりの職場だよ。違うフロアの人となんて、通りすがりに会釈するくらいなんだから、恋愛関係になんてそう簡単には発展しないよ。それに、ラ・トゥールは店内で製造するから、出入りの業者なんていないし」

美渚は唇を尖らせて箸を握りしめた。罪のない焼鮭は、美渚の箸でさんざんに刺されてもう鮭そぼろと化している。

『じゃあ、ラ・トゥール神戸店で探すしかないのね。若い男性はいた？』

母に訊かれて、美渚の脳裏に蒼介の渋い表情と一樹の甘い笑顔が同時に浮かんだ。

「いたといえばいたけど……」

『あら！　どんな男性？』

母の声のトーンが上がって、期待に満ちた口調になる。

「どんなって……一人は鬼パティシエで、もう一人は甘い顔のイケメン営業社員」

『まあ』

「その営業社員の人がすごく優しくてかっこよくて……」

『なになに？』

母が好奇心丸出しの口調になる。

「わ、私にかわいいって言ってくれたの！」

『えーっ、ホントに？』

「うん」

美渚は答えながらも、頬が熱くなってくるのを感じた。

『年齢は？』

「三十歳くらい」

『やだー、ステキ！　すごいチャンス！　いいじゃなーい』

母が一人で盛り上がっている隙に、美渚はそぼろ状の焼鮭を口に運んだ。

『さっそくその彼に猛アタックしなさいっ！』

「ぶっ」

母の突拍子もない言葉に驚いて、美渚は思いっきりむせてしまった。左手で胸を何度も叩く。

『ちょっと、美渚、大丈夫？』

美渚は何度か咳払いを繰り返し、緑茶を飲んで、ふぅっと息を吐いた。目が涙目になっている。

「も、猛アタックって」

『三十歳でイケメンで、出会ってすぐにかわいいって言ってくれるなんて、これはまさしく運命よ！　絶対にそうだわ！　彼とは出会うべくして出会ったのよっ』

母が熱弁を振るい、美渚は母の熱を冷まそうとあわてて言う。

「違うってば。前任の契約社員が辞めたから、私が異動になっただけで」

『前任者が辞めたことが彼との運命の始まりだったのよ。ほら、運命の女神には前髪しかないって言うし、このチャンスを逃がしちゃダメよ！』

「ちょっと待ってよ。そもそもフリーじゃないかもしれないし」

『あら、フリーじゃなかったら、初対面の女性に〝かわいい〟なんて言わないわ』

母が訳知り声で言った。

「そうだとしても……あんなイケメン、緊張して直視できないのに、アタックとかとんでもないよ……」

一樹の顔を思い出すだけでも、今、箸を持っている手が震えそうになるのだ。

美渚の煮え切らない声を聞いて、母が口を開く。

『それじゃあ、〝鬼パティシエ〟の方は？』

「手当たり次第に誰かと付き合わせようとするのはやめてよー。それに〝抜けてて頼りない〟私だから、向こうからお断りされるってば」

『あっ、やっぱりあなた、なにかヘマをしてその人に怒られたのね？』

「う……」

母に鋭く指摘されて、美渚は言葉に詰まった。

『ほら図星。〝鬼パティシエ〟なんて言うから、そうじゃないかと思ったのよね～。その人だって、本当は〝鬼〟なんかじゃないのかもしれないわよ。美渚がヘマをしたから厳しいことを言っただけで』

美渚はもう一度緑茶を飲んで言う。

「ヘマっていうほどのことはしてないもん……。それに、私、今は新しい職場に慣れることで頭がいっぱいなの。彼氏は二の次」

『二の次じゃ困るのよぅ。だいたいね、〝私のためを思って叱ってくれたんだぁ〟ってときめくのがよくある展開なのよ』

「よくある展開って……そういうのは小説の中の話でしょ。それに、あんな冷たい目で見られたら、ときめくどころか背筋が凍るよ」

美渚は蒼介に向けられた冷たい視線の数々を思い出し、ぶるっと身を震わせた。

『あーあ、新しい職場だから期待したのに、ロマンスが芽生える気配もないのねぇ』

母のテンションが一気に下がった。

「とにかく彼氏のことは落ち着いたら考えるし、仕事も一生懸命がんばるから、お母さんは心配しないで。ね？」

『心配しないでいられたら、電話なんてしないわよ。美音と美希の爪の垢でも煎じて送ろうかしら……』

「お母さんってばやめてよね、もう～。私、明日も早番だから、もう切るね」

『あ、ちょっと、美渚ってば』

母の声が聞こえてきたが、美渚は無視して通話を終了した。

（別に彼氏いない歴が二十四年に伸びたっていいじゃないのっ。美音姉さんと美希姉さんに初彼ができたのが十代の頃だからって、爪の垢だなんて！）

美渚はいら立ちに任せて、酢ゴボウをバリバリと噛んだ。

（でも、波田中さん、かっこよかったなぁ……）

美渚は箸を置いて、ハンドバッグの中から名刺入れを取り出した。一樹の名刺を抜き出し、裏返してローテーブルの上に置く。そこに手書きされた十一桁の番号を眺めているうちに、名刺をもらったときのシーンが蘇ってきた。

（『わからないことや困ったことがあったらいつでも連絡して』だって。まあ、前の店舗にいたときも、担当の営業さんが同じようなことを言ってくれたし、きっと社交辞令だよね。ホントに連絡したらびっくりされるよ。っていうか、緊張してまともにしゃべれる気がしない）

美渚は自嘲の笑みを浮かべながら名刺を名刺入れに戻し、残りの弁当を食べ始めた。


翌日から火曜日、水曜日と二日間の勤務を経て、美渚はラ・トゥール神戸店の販売員全員――契約社員四名とアルバイト六名――と顔を合わせた。その結果、販売員は全員女性で、母の期待する若い男性は蒼介と見習いパティシエ二名、それに週に一度やってくる営業社員の一樹の四人のみであることが判明した。

夜、母から電話が掛かってきたときにそのことを説明すると、『鬼がイヤなら見習いパティシエもありかしら。でも、見習いは恋より仕事を取るかもしれないし、やっぱりオススメはイケメン営業マンよね。どんなふうにアピールするのが効果的なのか、美音たちに訊いてみようかな』と母が一人で盛り上がり、美渚は閉口するほかなかった。

木曜日は遅番Aという、遅番Bより三十分早い十一時に出勤し、閉店作業をせずに八時に上がるシフトだ。美渚は制服に着替える前、客に混じって売り場に行った。平日なのでどこの店舗にもそれほどの行列はなく、美渚はすまし顔でラ・トゥール神戸店のショーケースに近づいた。

「いらっしゃいませ」

応対をしようと顔を上げた亜紀が、美渚を見て、あれ、という表情をした。美渚は神戸店のオリジナル商品〝オレンジと洋梨のシャルロット〟を指さして言う。

「三十分休憩の間に食べたいので、オレンジと洋梨のシャルロットをください」

「かしこまりました」

亜紀がにっこり微笑んで、シャルロットを手早くケーキボックスに入れた。

美渚はショーケースの前に立ったまま売り場を見渡してみた。店員の背後にあるカウンターもその下の棚に入れられた在庫や包装紙なども目に入らず、店舗はすっきりして見える。

（お客様からはこんなふうに見えるんだぁ）

改めて気持ちを引き締めながら、代金を払って商品を受け取った。

「ありがとうございました」

亜紀の言葉に会釈して、エレベーターに向かおうと厨房の前を通った。客が通る通路側は大きなガラス窓になっていて、中の様子が見える。

（あ、鬼パティシエだ！）

うつむいているので顔の表情は見えないが、背の高さと広い肩幅から、彼が蒼介なのだとわかった。

（あれは〝オレンジと洋梨のシャルロット〟かな）

蒼介の前の台には冷蔵庫で固められたシャルロットがいくつも並んでいて、彼は手の中の絞り袋からクレーム・シャンティ、いわゆる泡立てたクリームをその上面に次々に絞り出していた。手際はさすがに見事だ。

蒼介の隣では見習いパティシエがオレンジの皮を剝いている。それを受け取ろうとして蒼介が顔を上げたので、美渚は彼に見つからないよう、そそくさとその場を離れた。

（そろそろ行かないと）

いったんデパートの外に出て従業員通用口からバックヤードに入り、更衣室で着替えて、五階にある社員食堂に向かった。付箋に所属と名前を書いてケーキボックスに貼り、自動

販売機横にある共用冷蔵庫に入れる、

（これでよしっと。休憩時間が楽しみ！）

美渚はそのワクワクした気持ちのまま地下一階に下りて、今度は販売員の姿で売り場に出た。


その日、美渚が三十分休憩に入ったのは四時過ぎで、社員食堂には十五人ほどの人の姿があった。

美渚は共用冷蔵庫からいそいそとケーキボックスを取り出し、入り口に近い隅の席に腰を下ろした。ボックスを開けると、ホイップクリームとオレンジ、洋梨で飾られたシャルロットが現れる。

（ひゃ～、おいしそう！）

トートバッグに入れていたマイ・プレートにケーキをのせてじっくり鑑賞したあと、客に説明できるようにとカタログの説明を読み込んだ。そしておもむろにマイ・フォークを取り上げ、端っこをすくって口に運び、ゆっくり味わう。

（ん～、オレンジクリームとムースがなめらかぁ。バニラのババロアと最高のコラボだわ！　上に飾られたフレッシュオレンジが甘酸っぱくて味を引き締めていて、洋梨の歯触りが新鮮！）

マイ・フォークを咥えたまま、左手を頬に当ててうっとりとため息をついた。

美渚はラ・トゥールに販売員として就職して以来、自社製品をお客様に説明できるようにするため、という名目で、ときどきこんなふうにケーキを購入しては、休憩時間に食べているのだ。土日や新聞に折り込みチラシが入った平日、クリスマスといった繁忙期など、忙しくて目が回りそうになっても、こうしてラ・トゥールのケーキを食べれば、疲れなんて吹き飛んでしまう。

（店舗ごとにオリジナル商品があるっていうのが、ラ・トゥールの最大の魅力よねぇ……。そう思うと異動になるのも悪くはないかも）

目をつぶって浸っていたが、次の一口を食べようと目を開けたとき、ふと視線を感じて、通路を挟んだ向かい側の席を見た。その瞬間、反射的に背筋がぴんと伸びる。

（鬼パティシエにガン見されてる！）

パティシエの白い制服姿の蒼介がテーブルに頬杖をつき、美渚がオレンジと洋梨のシャルロットを食べてうっとりしている様子をじっと見ていたのだ。

（やだな～、目が合っちゃった）

美渚はさりげなく視線をそらした。目の端に、蒼介が立ち上がってテーブルの上の缶コーヒーを手に取るのが見えた。そのまま彼が歩き出したのでホッとしたのも束の間、蒼介は美渚のテーブルにやってきて、目の前の席に腰を下ろしたのだ。

(な、なんでそこに座るのっ？　私、またなにかした⁉)

おどおどとテーブルの上を見回したが、あるのは美渚が買ってきたシャルロットと、ストレートティーのペットボトルのみだ。

(あ、食べ方が汚い、とか⁉)

ビクビクする美渚を見て、蒼介が眉間にしわを刻んだ。

「あのな」

「は、はは、はいっ！」

美渚はマイ・プレートの上にフォークを置いて、両手を膝の上でさっと揃えた。そんな彼女を見て、蒼介が不満げにこぼす。

「なんでそんなにビビるかな。俺が取って食うとでも思うわけ？」

「えっ、吉野さん、これ食べたいんですか？」

美渚はシャルロットから蒼介に視線を移し、ぱちくりと瞬きをした。

「アホ」

蒼介に呆れたように言われて、美渚は唇を尖らせそうになったが、あわてて真顔を作った。気をつけないと、いつも鋭い視線を向けてくる鬼パティシエに、いったいどんなことで難癖をつけられるか、わかったものじゃない。

「どういう思考回路してんだよ。わざわざあんたが食べてるのを取って食うわけないだろ。

そもそものケーキを作ったのは、俺たちラ・トゥールのパティシエなんだから」

美渚はその言葉に驚いて、反射的に大きな声を上げてしまった。

「あぁぁっ」

周囲にいた従業員の視線が美渚と蒼介に集まった。美渚は、鬼パティシエに咎められているところをほかの売り場の従業員に見られたことが恥ずかしくなり、背中を丸めてできるだけ体を小さくする。

（穴があったら入りたい～！　っていうか、穴を掘ってでも隠れたい～！）

蒼介がテーブルに片肘をついて手で顎を支え、ひたすら縮こまる美渚をまじまじと見た。

「なんだよ、その『あぁぁっ』は。俺がケーキを作ったらおかしいのか？」

「い、いえ！　あの『あぁぁっ』は吉野さんがこのシャルロットを作っているところを見たことを思い出した『あぁぁっ』ですっ。あの、吉野さんが作っても、もちろんまったく全然ちっとも、少しも、おかしくありませんからっ」

「その日本語は明らかにおかしいだろ」

蒼介に疑わしげな眼差しを向けられ、美渚はあわあわと口を動かす。

「いえいえっ、こんなに優しい気持ちになれる甘くておいしいケーキを、ケーキとは正反対の吉野さんみたいな人が作ったなんて信じられない、なんて思ってませんからっ」

言ってしまってから、美渚はハッとして両手で口を押さえた。

「なるほど。あんたは俺のことをそんなふうに思ってたってわけ」

蒼介が目を細め、斜めに美渚を見下ろした。整った顔で冷たい目線を向けられ、美渚の背筋が凍りそうになる。

「俺には優しさも甘さもないって。ふぅん」

「す、すみません。こんなこと言うつもりじゃ」

美渚は肩を縮めてうつむいた。

(どんどん墓穴掘ってる～!)

墓穴ではなく地下通路でも掘って外へ脱走したい気分だ。

「あんたも甘い笑顔で優しい言葉をかけられたいタイプなんだな」

蒼介がつぶやき、美渚は上目遣いで彼を見る。

「甘い笑顔も優しい言葉も、嫌いな人はいないと思いますけど」

「そんなもんか」

蒼介は頬杖をついたまま、横を向いて食堂の入り口に視線を向けた。美渚は鬼が見ていないうちに、とばかりにシャルロットをぱくりと口に入れた。その蕩けるような舌触りに魅了され、鬼が目の前にいることを忘れて、ほうっとため息をつく。

(やっぱりおいし～)

蒼介の横顔がふっと微笑んだ。美渚のことを見ていないようなふりをして、実は見てい

たのだ。

「あんた、本当にケーキが好きなんだな」

彼の表情と声が予想外に穏やかで、美渚は驚いて瞬きをした。

（お、鬼パティシエも笑うんだ……）

彼に切れ長の目で見つめられ、美渚はドギマギしながら答える。

「一番好きなのはラ・トゥールのケーキです。大学時代に初めて食べて以来、ファンになったんです。この神戸店にも何度か買いに来ました」

「へえ」

蒼介がわずかに眉を上げて、考えるような目つきで美渚を見た。

「好きだから、ラ・トゥールに就職したんです」

「じゃあ、ラ・トゥールのケーキの中であんたが一番好きなのはどれだ？」

本当かどうか試されているのだろうか、と思いながら、美渚は迷わず答える。

「フォンダンショコラです」

「フォンダンショコラ？」

予想していなかった答えなのか、蒼介が首を傾げた。

「はい。神戸店のオリジナル商品の」

「どうして？」

「どうしてって……おいしいからじゃないですか」

美渚はそれだけが理由じゃダメなのだろうかと思いながら、言葉を続ける。

「電子レンジで一分温めるだけで、家でも出来たてと同じトロトロ～ッとしたのを食べられるんですよ。ステキじゃないですか！　フォンダンショコラはカフェでも食べられるし、通販でも買えるけど、私はラ・トゥールのが一番好き。芳ばしくてサクッとしたビターな生地の中から、とろ～りあふれ出す濃厚なガナッシュ！　あれを幸せと言わずして、なにを幸せと言うんですか！」

美渚は夢中で語ったが、蒼介は片方の口角をわずかに上げただけだった。

「なるほど」

抑揚のない声で言って顔を背け、顎を支えていた手で後頭部をなでている。美渚は彼の視線がそれたので、シャルロットの続きを食べ始めた。フルーツ、生クリーム、ゼリー、ムース……それぞれが織りなす蕩けるような舌触りをうっとりと味わう。

（こんな繊細なスイーツを、吉野さんがねぇ……）

チラッと見たとき、同じく横目で彼女を見ていた蒼介と視線が絡まった。美渚がドキッとした瞬間、彼がガタンと立ち上がった。

「そんなふうにおいしそうに食べてくれると、作りがいがあるな。ありがとう」

それだけ言ってコーヒーの缶を手に取り、歩き出した。

（今、鬼パティシエが『ありがとう』って言った？）

美渚が信じられない思いでぼんやりと見送っていると、彼が二、三歩歩き、足を止めて振り返った。

「クリームを口につけたまま売り場に出るなよ」

言われて、美渚は反射的に左手で口元を押さえた。蒼介が小さく笑って背を向け、食堂の出入り口横の空き缶入れに缶を捨てて、そのまま出て行く。

（ちゃ、ちゃんと歯磨きしてメイクも直してから行きますよ！）

美渚は蒼介の見えなくなった出入り口に向かって口を横に広げイーッとやってから、視線をシャルロットに戻し、続きを味わい始めた。

第三章　イケメン営業マンから予期せぬお誘い

週が明けて、また月曜日になった。今日の勤務は遅番Aだ。十一時前の和菓子・洋菓子フロアは混雑していて、美渚は売り場に入るとすぐに接客を始める。

「いらっしゃいませ、お待たせいたしました」

客の注文を聞いて白いケーキボックスに品物を詰めていく。定番のショートケーキから、この秋、力を入れている和栗のロールケーキ、フルーツをたくさん使った見た目も色鮮やかなタルト、北海道産のクリームチーズを使ったコクのある半生チーズケーキ、濃厚なチョコレートケーキ……。

日中来る客には女性が多いが、仕事先に手土産として持って行くのか、ビジネスマン風の男性もいる。注文もタルト一切れからホールケーキ複数個までさまざまだ。

途切れなく来る客の注文を聞き、ケーキボックスに入れ、代金を受け取って釣りを返し、商品を手渡して客を見送る。

「ありがとうございました、またお越しくださいませ」

目の前の客が終われば、列に並んでいる次の客に笑顔を向ける。今、列の先頭にいるのは、コーラルピンクのコートを着た五十歳くらいのふくよかな女性だ。

「お待たせいたしました」

「ここはいつ来ても混んでるのねぇ」

女性にため息混じりに言われて、美渚は申し訳ない気持ちになった。

「お待たせして申し訳ございません」

「でも、やっぱり並んででも買いたいって思ってしまうのよね。パティシエのみなさんにも〝いつもおいしいケーキをありがとう〟って伝えておいてね」

女性ににっこりと言われて、美渚は嬉しくなった。

「ありがとうございます！　必ず申し伝えます」

すべての客から自分たちが前向きになれることを言われるわけではないが、たまにこうして商品や従業員の接客などを褒められることがある。そのときはいつにも増して、自分がラ・トゥールの一員であることに誇りを感じるのだ。

昼過ぎまでそんな具合で、少し客足が落ち着き始めた頃、早番のアルバイトと契約社員が順番に昼休みを取る。美渚の昼食休憩が回ってきたのは二時半だった。

「香月さん、高柳さんがまだ戻ってませんが、一番に行ってください」

早番の亜紀が美渚に言った。〝一番〟とはラ・トゥールの隠語で、昼食休憩のことだ。

「はい」

「波田中さんが社員食堂に来ています。一週間勤務した感想を聞きたいそうです」

（波田中さんと面と向かって話すなんて……）

美渚は胃がキュッと縮まったような気がした。

「わかりました。では、行ってきます」

美渚はカウンター下の貴重品入れから透明のトートバッグを取り出し、売り場を出た。

バックヤードに入って更衣室に寄り、出勤前にコンビニで買った昼食をロッカーから取り出した。従業員用エレベーターで五階に上がり、半分だけ開いているガラスのドアから社員食堂に入る。

（波田中さんは……？）

一樹を探してキョロキョロすると、壁際の六人掛けテーブル席に座っているのを見つけた。今日はチャコールグレーの細身のスーツを着ていて、彼の洗練された雰囲気によく似合っている。

（やっぱりかっこいいなぁ……）

彼の左隣には有華が座っていて、二人で楽しそうに話をしている。有華が上目遣いで彼になにか言い、一樹が有華の額を軽く小突く仕草をした。そうして目を細めて微笑むのがとても大人っぽい。そんな彼にはデパートの社員食堂より、おしゃれな夜のバーが似合っている気がする。

じっと見ていたら、一樹が視線を感じたのか、美渚に気づいて小さく手を挙げた。

「ああ、香月さん、こんにちは」

美渚はドキドキしながら彼に近づいた。

（イケメンすぎて緊張する……）

「こんにちは」

「どうぞ、座って」

一樹に右隣の席を示され、美渚はぎこちない動作で座った。一樹が左隣にいる有華に顔を向けて言う。

「高柳さんの休憩時間はそろそろ終わりかな?」

一樹に言われて、有華が唇を尖らせた。

「えーっ、もう?」

「時間を見てみなよ」

一樹に壁の時計を目で示され、有華がつまらなそうに言う。

「波田中さんと、もう少しお話ししてたかったのになぁ～」

「俺の一存じゃ、休憩時間を延ばしてあげられないよ」

一樹が冗談っぽく有華に言った。

「ざ～んねん」

有華は透明のトートバッグを手に取りながら立ち上がった。

「波田中さん、またね」

かわいらしく一樹に言ってから、美渚を斜め上から見下ろし、牽制するかのように一音一音ゆっくりと発音する。

「それじゃ、香月さん、ごゆっくり」

「あ、はい」

美渚は小さく肩を縮めた。新しい職場にも慣れ、店長やほかの契約社員とはうまくやれていると思う。だが、有華を筆頭にアルバイトの女子大生たちの周囲には、入り込めない壁のようなものを感じてしまう。

（どうしたらバイトの子たちとも仲良くなれるのかなぁ）

美渚が有華の後ろ姿をぼんやりと見送っていたら、耳元で一樹の声がした。

「どう？　新しい職場には慣れた？」

びっくりしてそちらを向くと、整った顔が至近距離にあって、さらに驚いてしまう。

「は、はいっ」

「ならよかった。神戸店は売り上げが前の店舗の倍近くあるから、忙しくて大変でしょ？」

「あ、でも、みなさんものすごくテキパキされてるので、あまりそんなふうには感じません。テキパキしてるのに余裕を感じさせる応対で、すごいなって思ってます」

「そっか」

一樹がチラッと美渚の顔を見た。顔になにかついているのだろうか、と不安になったとき、彼が声を低めて言う。

「今日、仕事のあと、なにか予定ある？」

「え？」

突然話題が変わって、美渚はよくわからないまま一樹を見返した。彼が内緒話をするように、美渚の耳元に唇を寄せる。

「俺、もう次の営業先に行かなくちゃいけないんだけど、香月さんともっと話をしたいなって思って。もし予定がなかったら、今日、ディナーを一緒にどうかな？」

「え、あ」

イケメンに食事に誘われるという未経験の事態に戸惑い、美渚の口がうまく動かない。美渚が視線をさまよわせたのを見て、一樹が表情を曇らせた。

「あ、やっぱり当日急には無理だよね。彼氏と予定とか入ってるかぁ」

一樹に残念そうに言われて、美渚はあわてて首を振った。

「と、とんでもない！　彼氏なんていませんし、予定も入ってません！」

「ホントに？」

一樹の表情がパッと明るくなった。

「はい」

「よかった。香月さんみたいなかわいい女性に出会えただけでもラッキーなのに、しかもフリーだなんて。これって運命かなぁ」

一樹に甘く微笑みながら言われて、美渚の頬が熱を帯びた。母が言っていたのと同じ『運命』という言葉を出されて、なんと答えていいかわからず、膝の上で手をギュッと握る。

「香月さんって初々しくて、ホントかわいいね」

「あ……りがとうございます」

言われ慣れないセリフをポンポン投げられ、あまりにも恥ずかしくて、それだけ答えるのがやっとだった。

「嫌いな食べ物とかある？」

美渚は赤い顔のまま首を横に振った。

「それなら、イタリアンでいいかな？　おしゃれないい店があるんだ」

「はい」

「今日のシフトは遅番Aだったよね？」

「そうです」

一樹が腕時計をチラッと見た。

「それじゃあ……八時二十分にJR元町駅の東口前で待ち合わせよう。念のため、携帯番号を教えてもらえるかな？」

「あ、はい」

じっと見つめられて、美渚はのぼせそうになりながら、言われるまま彼に番号を教えた。

「会えるのを楽しみにしてる。午後からもがんばってね。それじゃ」

一樹が席から立ち上がり、美渚に小さく目配せをして、食堂の出口へと歩き始めた。美渚はその後ろ姿をボーッとしながら見送る。

（どうしよう、波田中さんに食事に誘われちゃった……。男性に、しかもあんなイケメンに食事に誘われるなんて初めて……。もしかして夢だったりして？）

右手で自分の頬をギューッとつねってみた。でも、信じられない気持ちの方が大きすぎて、いくら力を強くしてもなにも感じない。それでもしつこくつねっていたら、背後から不審そうな声が降ってきた。

「おい」

美渚は頬をつまんだままニヤけた顔で振り返ると、蒼介が焦げ茶色の四角いトレイを左手に持って立っていたので、驚いて姿勢を正した。蒼介は呆れた顔をしながら、彼女を見下ろしている。

「なにやってんだ」

「なにって……いいえ、別に」

美渚はあわてて頬から手を離し、膝の上に置いた。蒼介は美渚から食堂の出口へと視線を動かした。美渚はそれ以上なにか言われる前にと、コンビニの袋をガサガサと開き、サンドウィッチのパックとプラスチック容器入りのカフェオレを取り出す。

「ふぅん」

蒼介が意味ありげな声を出して美渚の横に立った。美渚はなんでもないふうを装い、カフェオレの容器にストローをプスリと刺して、その端を口に含んだ。

「波田中さんと話せて信じられないくらい嬉しい、とでも思ってたんだろ」

蒼介に図星を指されて、美渚はあやうくカフェオレを吹き出しそうになった。

「べ、別にそんなこと」

美渚は落ち着きなく目を動かした。

「波田中さんと話したあとのあんた、ケーキを食べてるときと同じ顔をしてた。すごく嬉しそうだったよ」

「えっ」

蒼介に鋭い眼差しを向けられ、美渚はギクリとする。

（そ、そんなにわかりやすかった⁉）

でもイケメンにあんなふうに言われたら誰だって嬉しいじゃない、と心の中で文句を言ったとき、蒼介が美渚の右肘のすぐそばにトンと右手を置いた。その距離の近さに美渚はドギマギしながら、視線を彼の大きな手のひらから顔へと移した。蒼介は美渚に顔を近づけて言う。

「一つ忠告しておくが、波田中さんは仕事柄、誰とでも親しくするんだ」

そう言われて、美渚は有華と一樹の親しげな様子を思い出した。

「そ、そんなことくらい……わざわざ言われなくてもわかってます」

「それならいいけど。気をつけるんだな」

蒼介に低い声で言われ、美渚は肩を落とした。

（そうだよね……。仕事中にもしイケメンなお客様に声をかけられても、あんな顔をしないようにしなくちゃ）

美渚は神妙な顔で「はい」と返事をした。蒼介が体を起こして美渚から離れ、ホッとしたのも束の間、彼は美渚の目の前の席にショウガ焼き定食ののったトレイを置いた。

（え、そこで食べるの？）

美渚がほかの席も空いているのに、と不満に思いながら見ると、蒼介が文句あるのか、と言いたげな目で美渚を見た。

美渚はさりげなく視線をそらして、サンドウィッチにかじりついた。蒼介は箸を取り上げ、美渚の前で黙々と食事を始める。周囲にはさまざまな制服やスーツ姿の社員が三十人近くいて、いろいろな方向から話し声が聞こえてくるのに、美渚のテーブルだけは空気が

重く感じられた。

（吉野さんと二人きりだと……落ち着かないなぁ）

せっかくのランチタイムだからおいしく食べたい。なんとか空気を和らげようと、美渚は一生懸命話題を探し、午前中に来た女性客のことを思い出した。

「あ、今日の十一時過ぎにご来店されたお客様が、『並んででも買いたいって思ってしまうのよね。パティシエのみなさんにも〝いつもおいしいケーキをありがとう〟って伝えておいてね』っておっしゃってました」

「そうなんだ」

蒼介が箸を止めて美渚を見た。

「はい。待たされてお気を悪くされる方だっていらっしゃるのに、そんなふうに言われると嬉しくなりますよね」

「ああ」

蒼介の声が少し明るくなった。美渚だって嬉しかったのだから、きっと彼だって同じ気持ちだろう。そう思って美渚は続ける。

「だから、厨房の方にもお伝えしておこうと思って」

「そうだな。ありがとう」

「そういえば、神戸店は忙しくてパティシエと販売員が直接話すことってないですよね」

「問題があれば、店長か村木さんから話があるが、それ以外はこんなふうに食堂でしゃべらない限り、基本的にはないな」

彼の言葉に美渚は疑問を口にする。

「吉野さんはほかの販売員さんとしゃべらないんですか？」

「……時と場合による」

彼が返事をする前に一瞬間があったので、美渚はあまりしゃべる機会はないんだろうな、と思った。

「今回みたいな……ちょっとほっこりするような出来事を知らせたいときってどうしたらいいんでしょうね。前の店舗では神戸店みたいに行列ができることはあまりなかったから、わりと厨房とコミュニケーションを取りやすかったんですよね……」

美渚は考えながらカフェオレを飲んだ。

「必要最低限のコミュニケーションは取れてると思うけど」

「うーん……」

（厨房の外のカウンターに、コルクボードかホワイトボードを置いてもらうのはどうかな？　お客様の言葉をメモして留めて、吉野さんたちに、ちょっと手の空いたときにでも読んでもらえたら……）

店長に提案してみよう、と思いながら、美渚はサンドウィッチを口に運んだ。

第四章　恋の予行演習だと思えば

八時の閉店後、美渚は更衣室に戻って制服を脱いだ。着てきたオフホワイトのカットソーにネイビーのフレアスカート、ベージュのジャケットに着替えて、ロッカーの扉裏の鏡を見ながらメイクを直す。口紅は肌馴染みのいいピンクベージュだし、メイク自体も控えめだ。存在するだけで人目を引きつけるような一樹と食事に行くというのに、なんの華もない。

（波田中さんと並んで歩く自信ない。恥ずかしいよ）

美渚は更衣室の壁際にある背もたれのないソファに腰を下ろし、スマホを取り出した。メッセージアプリを立ち上げ、恋愛経験豊富な次姉に、救いを求めるメッセージを送る。

『美希姉さん、どうしよう～。イケメン営業マンとディナーに行くことになっちゃったよ～』

すぐに美希から返信があった。

『何人で？』

『二人きりだよ。だから困ってるの』

『なんで困るのよ』

『だって、イケメンすぎて一緒にいると緊張しちゃうんだもん！　なにかひどい失敗をしそう』

『あのねぇ、美渚は恋愛初心者なんだから、最初からうまくやろうとしなくていいの。失敗しても、失敗から学んで次につなげればいいのよ』

失敗することを前提に言われているようで、余計に自信がなくなる。

『今から断ったら気を悪くするかな……？』

『断るなんて絶対にダメ！　恋愛経験値ゼロの美渚に逃していいチャンスなんてないの！　どうしても緊張するなら、予行演習とでも思いなさい』

さすがに、過去の彼氏を数えるには両手が必要、という恋多き姉の言葉である。

（そっか、予行演習だと思えばいいんだ）

美渚は少しだけ気持ちが楽になって『ありがとう』と返信し、スマホをバッグに入れた。更衣室を出て階段で一階に上がり、警備員に会釈して、従業員通用口から外に出た。空はすっかり暗くなっているが、歩道は道路沿いのブティックやレストランの明かりで、夜を感じないくらい明るい。

（最初からうまくできないとしても、遅刻は厳禁だよね）

美渚は急ぎ足でＪＲの駅に向かった。

三葉百貨店の最寄り駅は地下鉄の駅だが、一樹が指定したのは、そこからさらに十分ほど北に歩いたＪＲの駅だ。高架になったＪＲの線路が見えてきて、横断歩道を渡り、高架下にある東口へ向かった。街灯が照らす駅前広場に目を凝らすと、半円形のガラス窓が特徴的な駅東口の近くの柱に、一樹がもたれて立っている。腕時計をチラッと見る仕草さえ絵になっていて、美渚は心臓がキュウッと縮み上がったような気がした。

（どうしよう、予行演習って思っても、やっぱり緊張する！）

美渚はガチガチになる手足を一生懸命動かした。急ごうと思うのに、思うように歩けない。ようやく一樹に近づき、気づいた彼がふわっと明るい笑顔になった。

「やあ、香月さん」

「お、お待たせしてすみません」

「俺も今来たところだよ」

一樹が優しい声で言って美渚を見つめた。一日の疲れが吹き飛んでしまいそうな爽やかな笑顔を向けられ、息が止まってしまいそうだ。

（漫画だったら〝ドキーン〟とか〝ズキューン〟とか太字で書いてあるシーンだよねぇ）

モテる男が放つ自信や自負のような独特のオーラに呑まれそうだ。気後れしている美渚を一樹が促す。

「行こうか」

一樹が歩き出したが、美渚は彼と並んで歩くのが恐れ多い気がして、少し後ろを歩いた。

「香月さん？」

一樹が怪訝そうに振り返って歩調を緩めたので、美渚はあたふたしながら彼に並ぶ。

「す、すみません」

「歩くの、速すぎた？」

「いいえ、大丈夫です！」

そうは言ったものの、彼と並んで歩くと、すれ違う人からチラチラと視線を投げかけられるのだ。おしゃれで洗練された都会的な一樹と、どこか垢抜けない平凡な容姿の美渚では、どういう関係なのか、いぶかるのも当然だろう。

（どう見ても釣り合わないって思ってるんだろうけど……私、波田中さんと付き合ってるわけじゃないんです。たまたま一緒に歩いてるだけなんですーっ）

美渚は顔を見られないよう視線を落とした。そんな美渚の顔を、一樹が気遣うように覗き込む。

「新しい職場だし、一週間の疲れが出たのかな？」

一樹に問われて、美渚は懸命に笑顔を作った。

「い、いいえ！」

「それならよかった」

一樹が柔らかな笑みを浮かべた。

（どうしよう、イケメンの笑顔って落ち着かないよぅ）

後日改めてお願いします、と言って逃げ出したいくらいだ。

（お母さんには猛アタックしろ、とか言われたけど、そんなの無理！　男性と二人っきりで食事なんて初めてだし、しかもいきなり波田中さんじゃ、予行演習だとしても難易度高すぎだよ……）

それでも、『最初からうまくやろうとしなくていい』という次姉の言葉を思い出し、ぐっとこらえた。

（今できるベストを尽くそう）

背筋をしゃんと伸ばし、彼と並んでＪＲと阪急線の高架をくぐった。そのまま高架沿いにしばらく歩き、途中で北に曲がった。やがて一樹が前方の中層ビルを示す。

「あそこの六階だよ」

彼が示したビルは壁がライトブラウンの煉瓦風で、一階には有名なカジュアルファッションの店舗が入っていた。その横のドアから入るとエレベーター乗り場があり、二人で六階に上がる。エレベーターを降りてすぐのところに、赤を基調としたハッとするほどスタイリッシュなレストランがあった。

（わー、こんなところ、初めて）

ぼんやり見とれていたら、一樹が慣れた手つきで美渚のためにドアを開けた。

「どうぞ」

（わわ、レディーファースト！）

「ありがとうございます」

美渚は恐縮しながら先に入った。店内は外観と同じく壁もフロアも赤いが、落ち着いた照明のおかげで深い赤に見え、それが体の奥に眠る情熱を呼び起こすように、気持ちを持ち上げてくれる。広々とした店内には三十ほどテーブル席があって、月曜だというのに八割くらい埋まっていた。

美渚と一樹が入ると、すぐに白いシャツにブラックのベストとスラックス姿のウェイターが声をかけてきた。

「いらっしゃいませ」

「予約していた波田中です」

一樹の言葉にウェイターが答える。

「承っております。コートをお預かりいたします」

一樹はブラックのステンカラーコートを、美渚はジャケットを脱いで預けた。

「こちらへどうぞ」

ウェイターが先に立って、二人を奥の窓際のテーブル席へ案内した。テーブルは夜景を楽しめるよう、窓に対して菱形になるように配置されている。ウェイターが椅子を引いてくれたので、美渚はおそるおそる腰を下ろした。一樹は美渚の斜め横、つまりテーブルの角を挟んだ席に座った。

目の前は天井から床までが窓になっていて、神戸市内の夜景を臨める。濃紺の夜空にビルの明かりが映えていて、息を呑むほど美しい。

ウェイターがテーブルにメニューを広げ、「お決まりの頃に参ります」と言って席を離れていった。

美渚はメニューを覗き込んだが、コース料理もアラカルトもたくさんあり、値段も美渚が普段友達と食べに行くような店とは違う。勝手がわからず迷っているのを見て、一樹がさりげなく声をかけた。

「この店に来たら、いつも〝シェフの季節のオススメコース〟を頼むんだ。香月さんもどう？」

「あ……はい、じゃあ、それを……」

一樹がワインリストを広げた。

「香月さんはワイン飲める？」

「あ、えっと、実はあんまり強くなくて……一杯くらいなら」

大学時代、女子会でグラスワインを二杯飲んで記憶を失ってから、ワインはグラス一杯までと決めている。とはいえ、もし彼が好きだったら、と思って、あわてて言い添えた。

「あの、私のことはおかまいなく、波田中さんはどうぞ飲んでくださいね」

　美渚の言葉に、一樹が微笑んだ。

「ありがとう。でも、一人で飲んでもつまらないから、香月さんも付き合って。グラス一杯ならいいんだよね？」

（こういう言われ方をしたときは、断らない方がいいよね？）

　ここは空気を読んで彼に合わせよう、と美渚はうなずいた。

「はい」

「それじゃ、料理に合わせて赤をグラスで頼もう」

　一樹が言ってウェイターに合図した。

「シェフの季節のオススメコースと、グラスで赤ワインを……」

　一樹がワインリストを見ながら、美渚が聞いたことのないような銘柄のワインをオーダーした。ウェイターが注文を繰り返して去って行き、美渚は窓の外の夜景に視線を移した。

（さすがは波田中さん。おしゃれなレストランを知ってるなぁ）

　一面の夜景に見とれていたら、一樹に声をかけられた。

「香月さん？」

一樹の方を見ると、彼が美渚をじっと見ていた。あまりに強い眼差しで見つめられて落ち着かず、美渚は視線を夜景に戻した。

「相手が俺じゃ……迷惑だったかな？」

一樹に言われて、美渚はあわてて彼を見た。一樹が儚げな笑みを浮かべて美渚を見ている。

「そ、そんなことないですっ。波田中さんこそ、私なんかが食事のお相手で退屈なんじゃないかと……」

気の利いた会話もできないし、と美渚が口の中でもごもごつぶやくと、一樹の笑みが甘いものに変わった。

「そんなことないよ。俺、香月さんにすごく興味があるんだ」

「波田中さんが、私に……？」

美渚は戸惑いながら彼を見返した。

「そう。仕事では気持ちいいくらい明るくて応対も丁寧なのに、普段はすごく控えめな感じだよね。それが新鮮で……すごく気になる」

美渚はハッと息を呑んだ。そんなことを言われたのは初めてで、どう反応していいのかわからない。淡いライトの下、斜め横から彼に熱っぽく見つめられ、ついもじもじしてしまう。返す言葉も話題も思いつかず、美渚は横顔に一樹の視線を感じながら、夜景を見るふりをした。

　ほどなくしてグラスワインと前菜が運ばれてきた。

「こちら、〝トマトのバジルマリネ〟、〝焼きナスと生ハムのバルサミコソース〟、〝炙りサーモンのカルパッチョ〟でございます」

　白い大皿に、形よくこぢんまりと前菜が盛られている。

「食べようか」

　一樹がワイングラスを手に取った。美渚もグラスを取り上げ、彼と乾杯をする。口に含んだワインは、口当たりが軽く渋みが少ない。

「あ、すごく飲みやすいですね」

　美渚が言うと、一樹がホッとしたように微笑んだ。

「よかった。なんだか緊張してるみたいだから、アルコールの力が必要かなって思ってたんだ」

「すみません」

　美渚はこれ以上恋愛初心者ぶりを見せまいと、どうにか話題をひねり出した。

「えっと……波田中さんはよくこのお店にいらっしゃるんですか？」

　一樹がフォークとナイフを手に取ったので、美渚も続いた。

「よくってことはないね。特別なときに来るくらいだよ」

彼が言って、トマトのマリネを口に運んだ。そうしながらも、美渚から思わせぶりな視線を外さない。

(特別なときって……どうしよう。私と食事をするのが特別みたいに聞こえちゃう……)

さすがは波田中さん、と美渚は感心した。

(こういう気の利いたセリフをさらりと言えないと、脱・恋愛初心者できないよね)

きちんと礼を言うのが大人の女性だと思って、美渚は彼を見返した。

「そんな特別なお店に連れてきてくださって、ありがとうございます」

「香月さんだからだよ」

「え?」

「香月さんだから、連れてきたんだ」

甘い声でささやくように言われて、美渚の頭が真っ白になる。

(レ、レベルが違う! 神戸店に来て一週間経った私を気遣ってくださってるだけなのに、本気にしてしまいそう)

美渚は気持ちを落ち着かせようと深呼吸をした。

(ダメだよ、吉野さんも波田中さんは『仕事柄、誰とでも親しくする』って言ってたんだから)

予行演習、予行演習、と自分に言い聞かせながら前菜を食べ終えると、〝ほうれん草とパンチェッタのクリームソースパスタ〟が運ばれてきた。濃厚なクリームソースがおいしくてうっとりしそうになるが、一樹の前だと思って気を引き締めた。

（パスタの食べ方、おかしくないよね？）

美渚がしゃちほこばって食べているのを、一樹が心配そうに見る。

「口に合わなかった？」

美渚は反射的にぶんぶん首を横に振りそうになり、あわててこらえた。

「いいえ、とてもおいしいです」

「そう？」

「はい」

「ならいいんだけど」

ぎこちなく微笑む美渚を、一樹が目を細めて見た。彼の目には、視線をそらすのを許してくれないような強い光が宿っている。まるで捕食者のような眼差しに美渚はますます落ち着かない気分になった。グラスワインに手を伸ばし、一口飲むとのどの奥と体がポーッと熱を帯びる。

「魚料理のメインは〝ポルチーニ茸とヒラメの蒸し焼き〟でございます」

二人の前に四角い白い皿が置かれた。柔らかな白身の魚をそっと口に運ぶと、身がほろりと崩れて、ポルチーニの香りがふわっと広がった。

（すごくおいしいけど、子どもっぽくはしゃがないようにしなくちゃ）

テーブルマナーに気をつけて静かにフォークとナイフを動かしている間も、彼からの視線を感じてしまう。そのたびにワインを飲んでいたら、グラスがあっと言う間に空になってしまった。一樹が気づいて、ウェイターに合図をしてお代わりを二人分注文する。

「かしこまりました」

ウェイターが下がったとき、美渚はテーブルから身を乗り出すようにして一樹に小声で話しかけた。

「あの、実は私」

そんなに飲めないんです、という美渚の言葉を遮って、一樹が言う。

「香月さんって食べ方もキレイだね」

（食べ方〝も〟って……？）

どんな含みがあるのだろうか、と思ったが、蕩けそうなくらいじっと見つめられて、なにも言えなかった。ワインのせいで顔がカーッと熱くなって、鼓動が頭に大きく響く。

（ダメだ、波田中さんとの予行演習には、さらに予行演習が必要だった……）

美渚は運ばれてきたお代わりの赤ワインをゴクリと飲んだ。頭がぼんやりしてきて、一樹の熱を帯びた視線がほんの少し気にならなくなる。もう一口飲むと、さらに頭がぼんやりしてきた。

「肉料理のメイン、〝牛フィレ肉のソテー・マデラソース〟です」

続いて給仕された白い大皿には、柔らかな牛フィレ肉がクレソンとともに盛られている。

（わあ、おいしそう！）

フィレ肉にナイフを入れると、力を入れなくてもすっと切れた。

（うわぁ、柔らか〜い）

口に運んだら、とろりとしたソースの深い味わいが口の中に広がり、いっそうの感動を覚える。

幸せ〜と言いかけて、ハッと口をつぐむ。美渚が赤い顔で一樹の様子をうかがうと、彼はナイフを動かしていた手を止めて、斜めに美渚を見つめた。

「おいしい？」

「はい」

「よかった。香月さんが喜んでくれて幸せだよ」

（恐れ多すぎます……っ）

美渚は恐縮して、あいまいに微笑んだ。酔いが回ってきたせいで、最初の頃感じていた緊張は薄らいでいたが、そのせいで気が抜けて彼の前で粗相をしないかと不安にもなる。

（美希姉さんが言う通り、最初からうまくできないとしても、できるだけ失敗しないようにしなきゃ）

美渚は神妙な顔でデザートのティラミスとコーヒーを味わった。卵黄入りのクリーム・ザバイオーネとマスカルポーネチーズの口当たりが柔らかく、エスプレッソのしみこんだスポンジ生地の適度な苦みがアクセントになっている。

（ティラミス、大好き！　っていうか、ケーキならなんでも好きだけど）

美渚はついうっとりして言う。

「やっぱりおいしいものっていいですね。幸せな気分になれます」

「そうだね」

一樹が言ってコーヒーを飲んだ。そうしながらも、美渚から視線を外さない。

「ラ・トゥールのケーキもそうですよね」

美渚の言葉に、一樹がわずかに眉を上げた。

「え？」

「私、大学生になって初めて神戸に来たんです。たくさんお店があってびっくりしました。最初はなかなか学校の雰囲気に馴染めなくて……」

「どうして？」

一樹に聞かれて、美渚はコーヒーカップに手を伸ばし、小さく咳払いをした。

（いかにも神戸女子って感じのおしゃれな女子大生に気後れしちゃったなんて、言わない方がいいよね……）

ぼんやりした頭でそれを考え、カフェラテを一口飲んで話を続ける。

「あ、えっと、ちょっと車と人が多くてびっくりしちゃったっていうか……」

「そうなの？」

「はい。出身が田舎なもので……。あるとき気持ちを持ち上げようと思って、ラ・トゥールのフォンダンショコラを買って帰って食べたんです。そうしたら、外はほろ苦いのに中から濃厚なガナッシュが出てきて、まさに目からうろこでした！　こんなにおいしいものがあるんだぁってすごく感動して……幸せな気分になって、また一週間がんばろうって思えて。それからラ・トゥールのファンになりました」

「そうなんだね」

一樹が微笑んで、腕時計をチラッと見た。それに気づいて美渚は姿勢を正した。

「あ、遅くなっちゃいましたよね。食べるの遅くてすみません。私は明日休みだから遅くなってもいいんですけど……波田中さんはお仕事ですよね」

美渚が言うと、一樹が首を振った。

「香月さんと一緒だと楽しくて、時間が経つのが嘘みたいに速いよ」

相手の食べるスピードが遅くてもそんなフォローができるなんてさすがだ、と美渚は感心した。

「私もです。今日は誘ってくださってありがとうございました」

「それじゃ、そろそろ行こうか」

「はい」

一樹が合図をすると、ウェイターが革製の伝票ホルダーをテーブルに置いた。一樹がスーツの内ポケットから財布を取り出し、クレジットカードを抜いて伝票ホルダーに挟む。

「お預かりします」

ウェイターが伝票ホルダーを持ってレジカウンターに向かい、しばらくして戻ってきた。

「ありがとうございました」

一樹は一度うなずき、クレジットカードを財布に戻した。美渚は促されて立ち上がったものの、急に立ったせいで頭がクラクラしてきた。それでもどうにか足を前に動かす。

店の出口で美渚はジャケットを、一樹がコートを受け取り、エレベーターで一階に下りた。十時を回った夜の神戸は空気がひんやりとしていて、ワインで熱くなった頬に心地いい。

美渚は酔いを覚まそうと大きく息を吸ってゆっくりと吐き出した。だが、まだ頭はもやがかかったみたいで、すっきりとしない。

(でも、ちゃんとお金を払わなくちゃ)

美渚はよろけそうになる足を踏ん張って、一樹に向き直った。

「私の分、お支払いします」

ハンドバッグを開けようとしたとき、一樹が美渚の手をやんわりと押さえた。

「俺が誘ったから、俺に払わせて」

「え、でも……」

すごく高かったのにどうしよう、と美渚が恐縮していると、彼が手を離して美渚の顔を覗き込んだ。

「香月さん、すごくおいしそうに食べてくれたよね。あの笑顔を独り占めできたから、俺は満足なんだ」

美渚は瞬きをした。

（緊張してガチガチになってた気がするけど……おいしそうに食べられた、のかな？）

それならよかった、とぺこりと頭を下げた。

「ありがとうございます。じゃあ、お言葉に甘えてごちそうになります」

だが、勢いよく頭を下げて上げたため、頭がズキズキと痛み始めた。

（やっぱり飲みすぎた……）

美渚が気だるげに息を吐き、一樹が気遣うような口調で言う。

「大丈夫？　飲ませすぎちゃったかな。家まで送るよ」

「いえ、大丈夫です」

そう言いつつもぼんやりした表情の美渚を見て、一樹がきっぱりと言う。

「大丈夫に見えない。こんな香月さんを一人で帰せるわけないよ」

「なにからなにまで……ありがとうございます」

美渚はまた息を吐いた。今すぐ横になりたいくらい眠たいし体が重たい。このままだと道端で寝てしまいそうなので、一樹の親切な申し出に甘えることにした。

(波田中さんってただイケメンなだけじゃないんだ……。会って一週間の私をこんなに気遣ってくれるなんて……まさに神様)

「それじゃ行こうか」

一樹が言って、美渚の腰に手を回した。彼の方に引き寄せられて、美渚は体が反射的に硬くなる。

「は、波田中さん?」

驚いて見上げる美渚を、一樹が微笑みながら見下ろす。

「俺に寄りかかっていいよ」

「でも」

「足元が危なっかしいから」

そこまで甘えるのも申し訳ない気がして、美渚は体を離そうとしたが、腰に回されていた彼の手にぐっと力がこもった。

「遠慮しないで」

「あ、ありがとう……ございます」

美渚がぎこちなく礼を言い、一樹がふっと笑みをこぼした。

「香月さんってやっぱり変わってるね」

「そうですか？」

見上げる美渚を、一樹が優しい笑みを浮かべて見つめ返す。

「そう。すごく新鮮だ。こういうときは……俺に思いっきり甘えて、寄りかかるもんなんだよ」

（そ、そうなんだ……）

中学・高校時代は憧れの先輩を遠くからこっそり見ているのが精一杯だった。大学時代には、周囲のおしゃれで垢抜けた女子大生に憧れ、彼女たちのようになりたいと、さりげなく行きつけのアパレルショップを教えてもらったり、雑誌でメイクを研究したりした。でも、丈の短いワンピースも、ヒールの高いパンプスも、なぜか美渚にはしっくりこなかった。

（でも、大人の女性ならこういうときは素直に甘えるものなんだね）

美渚はそっと彼の肩に頭をもたせかけた。相変わらず緊張してぎこちないものの、一気に都会の大人の世界に足を踏み入れた気分だ。

「家はどこ？」

「地下鉄湊川公園駅の近くです」

「ここからだとタクシーの方がいいね」

彼のエスコートに任せることにして、美渚は一樹とともに大通りに向かった。腰を抱かれながらでは思ったより歩きにくく、彼から離れようとするたびに引き寄せられてしまう。ようやく車の多い通りに来たとき、一樹が片手を挙げて、走ってきたタクシーを停めた。

「お先にどうぞ」

一樹が言って美渚を先に乗せ、あとから自分も乗り込んだ。運転手に地下鉄湊川公園駅の方向に向かうように伝える。

(先に送ってくれるんだ……。波田中さんってホントに紳士)

湊川公園駅に近づき、美渚はマンションまでの道を運転手に伝えた。タクシーはほどなくして美渚のマンションの前に停車した。美渚が財布を出すより早く、一樹がクレジットカードを運転手に渡す。

「波田中さん?」

怪訝そうにする美渚の前で、一樹は精算を終えた運転手からクレジットカードを受け取った。

「部屋まで送るよ」

「でも、またタクシーをつかまえるの、大変ですよ」

美渚の言葉に一樹が少し首を傾げた。

「大丈夫だよ、地下鉄に乗ればいいから」

「あ……そうなんですね」

彼も地下鉄沿線に住んでいるのかな、などと思っているうちに、左側のドアが開いて一樹が降りた。美渚がシートの上をそのそと右から左へ移動すると、ドアの外から一樹が手を差し出した。

「ありがとうございます」

その手を取ってタクシーから降りる。美渚が歩道に降り立ち、ドアが閉まってタクシーがゆっくりと走り出した。

「まだ酔ってるみたいだね」

一樹が美渚の腰に手を回し、ぴたりと体を密着させる。本日二度目だというのに、やはり体が硬直して鼓動が速まる。

「何号室？」

彼が熱っぽい目で美渚を見た。

「ご、五〇一です」

一樹が促すように歩き出し、美渚もつられて足を進めた。酔いが全身に回っていて、確かに足元が怪しい。一樹が支えてくれていなければ、壁に手をついて歩かなければいけないだろう。

エントランスの前でハンドバッグから部屋の鍵を取り出し、オートロックパネルのキーリーダーにかざした。開いたドアから彼に連れられて入り、エレベーターに乗って五階で下りた。共用廊下を歩きながら、美渚はぼんやりと考える。

(ここまで送ってもらったら、やっぱりお茶くらい出した方がいいのかな……?)

美渚は部屋の前で足を止め、礼を言うため一樹に向き直ったが、彼は美渚の腰に両手を当てて彼女を引き寄せた。

「波田中さん?」

「一緒に食事をして楽しかったね」

顔を覗き込むようにして訊かれ、美渚はうなずいた。

「はい」

「もっと楽しくて……いい気持ちにしてあげようか」

どういうこと? と彼を見上げたらよろけてしまい、あっと思ったときには、背中をドア横の壁に押しつけられていた。一樹が美渚にぴったりと体を寄せる。下腹部に硬いものを押しつけられて、美渚の背筋をゾクッとしたものが走った。

(こ、こういうときってどうすればいいんだろう……)

困惑してチラリと上目遣いで見たら、すぐ目の前に一樹の顔があって、顎を彼の右手に押さえられ固定された。そのまま一樹が長いまつげを伏せて顔を傾ける。彼の体に胸を強く圧迫されて、美渚は気持ち悪さを覚えた。

「香月さん……」

唇に彼の息がかかり、赤ワインの匂いがむっと香った瞬間、美渚と一樹の体に挟まれていたハンドバッグの中で、スマホがブルブルと振動し始めた。

「なに？」

一樹が驚いて目を開け、体を離した。

「電話……みたいです」

「あとでいいよね？」

一樹がささやきながら美渚の顔を囲うように壁に両手をついた。美渚は吐き気が収まらず、彼から逃れようとハンドバッグに手を入れてスマホを取り出した。下を向くと吐きそうなので、スマホを顔の前に持ち上げる。液晶画面には〝お母さん〟と表示されていた。

「母からなんです」

「ふぅん」

一樹が興味なさそうに言って、顔を近づけてきた。アルコールの匂いがまとわりつくように強く感じられて、美渚の額に脂汗が浮かぶ。

「すみません、どうしても出なくちゃいけない電話なんで、今日はこれで失礼させてください」

美渚はハンドバッグを掛けた腕を胸の前に引き上げたが、一樹は両手で美渚の手首をつかんだ。

「イヤだ、って言ったら？」

そのまま美渚の両手首を壁に押しつけた。美渚の右手ではスマホが震え続けている。

「は、波田中さん」

彼が強い眼差しで美渚の視線をとらえた。

「彼氏はいないって言ってたよね？　俺との相性、確かめてみない？」

一樹の言葉が耳から入ってくるが、意味を頭で理解する余裕はなかった。

（もう限界ーっ！）

胃から込み上げてくる熱いものに押されて、美渚は必死でスマホを振る。

「ほ、ほら、母からなんです！　出るまで何度でもかけてくるんです。だから、ホントにすみません！　波田中さん、今日は本当に楽しかったです。送っていただきありがとうございました！　では、さようならっ！」

美渚は一気にまくし立ててぺこりと頭を下げた。

「え、ちょっと」

呆気に取られて一樹の手から力が抜けた。その隙に美渚は彼の手を振り払い、ハンドバッグから鍵を取り出した。その間にもスマホはしつこく振動している。美渚は急いで鍵穴に鍵を差し込み、ドアを開けた。

「おやすみなさい、波田中さん」

「香月さん」

困惑顔の一樹を廊下に残したまま、美渚は部屋に入ってドアを閉めた。ガチャンと鍵だけかけてパンプスを脱ぎ捨て、スマホもバッグもほったらかしてトイレに駆け込む。

「うぅぇ……飲みすぎた……」

トイレに向かって不快なものを吐き出す。

「うーっ……」

すべて出してしまうと不思議なほどすっきりとした。よろよろとトイレから這い出して、廊下の壁にもたれて座る。

「はぁ……」

大きく息を吐いて顔を上げ、白い天井を見上げた。スマホが黙ってしまうと部屋の中は静かで、外からもなんの音も聞こえてこない。立ち上がって覗き穴から外を覗いたが、明かりに照らされた共用廊下に一樹の姿はなかった。

（送ってくださったのに……お茶も出さずに帰すなんて悪いことしちゃった）

とはいえ、彼に体を押しつけられてからは吐き気しか感じなくて、一刻も早くトイレに駆け込みたかったのだ。

美渚がドアにチェーンをかけたとき、床の上でスマホが震え始めた。

(あ、お母さんのこと、忘れてた)

美渚はスマホを拾い上げ、一樹を追い払うために利用した母からの電話にようやく応答する。

「もしもし、お母さん?」

美渚の耳に母の大声が響く。

『ああ、もう!　やっと出た!　こんな時間までいったいなにしてたのよぅ』

「なにって……」

答えながらスマホの画面の時刻表示を見たら、もう十一時近かった。

『何度も電話したのに出ないから、心配したのよ!』

「あ、そうだったんだ。えっと、会社の人と食事をしてたから気づかなかったの」

『会社の人⁉』

母の声のトーンが上がった。

『女性?　それともまさか男性?』

「まさかって……」

母の言葉を聞いて、美渚はそんなに私が男性と食事をするのが信じられないのか、と思わず苦笑した。

『男の人なの？』

「うん」

『もしかして〝甘い顔のイケメン営業社員〟？』

母がワクワクした声で言った。

「そう」

『まさかまさか、今一緒にいたりするの⁉』

「いないよ」

美渚は心の中で、今の今までいたけれど、とつぶやいた。

『えー……』

母が心底落胆したような声を漏らした。

「なに、その『えー』って」

『娘にロマンスが芽生えなかったことへのがっかり感を表したの』

「あのねぇ……。波田中さんは私が新しい職場に慣れたか気遣ってくれたの！　労うために食事に誘ってくれたの！」

『えー……』

「また『えー』⁉」

『いい歳した大人の男性が、しかも甘い顔のイケメンが、ホントに食事だけのつもりで誘ったとは思えないけどなぁ』

「思えないとしても現にそうだったの！」

美渚の言葉に、通話口からため息が返ってきた。

『そんなことを言ってるようじゃ、ロマンスに発展しなくても仕方ないかぁ。あーあ、期待して損しちゃった。だいたい美渚はね、男心をわかってなさすぎなのよ。いい？　今度誘われたらね……』

お小言のような言葉はまだ続いていたが、イケメンと二人きりでディナーという慣れない時間を過ごして、心底疲労困憊していたため、母の言葉は美渚の耳を素通りした。

「お母さん、ごめん。今日はものすごく眠いから、また今度ね」

『え』

「じゃあ、おやすみなさい」

美渚は言って、強引に通話を終了した。スマホをハンドバッグの上にポンと置き、よろよろと洗面所に向かった。

（もうダメ。シャワーは明日にしよう）

メイクだけ落として、そのままベッドにごろんと横になる。すぐに睡魔に屈し、深い眠りへと落ちた。

第五章　不可抗力の失敗

　翌朝、美希からディナーの顚末を訊くメッセージが届いた。美渚が起こったことを正直に伝えると、『彼には二度と誘われないわ』というメッセージが、呆れ顔のスタンプ付きで返ってきた。あげく、どうすればいいのか相談しても、メッセージを読んだのに返事をくれず、既読スルーされてしまった。

（やっぱり波田中さんをあんなふうに帰しちゃいけなかったんだ……。でも、体を押しつけられて、耐えられないぐらい気持ち悪くなったんだもん）

　美希に相手にしてもらえないので、長姉の美音にメッセージを送って相談した。美音からは、『これからも彼と仲良くしたいのなら、まずは謝って美渚の気持ちを伝えることが大事だと思うよ』と返信があった。

（そっか、そうだよね。これからもお世話になる同じ会社の方だし、まずは失礼な態度を取ったことを謝らなくちゃ……）

　そういう結論に至り、彼からもらった名刺を取り出したものの、一樹は今日仕事のはずだ。

（仕事中なら電話よりメールの方がいいかな）

そう思ったが、メールアドレスのドメイン名は社名になっている。

（これはどう見ても会社のアドレスだ……）

美渚は名刺を裏返した。裏面には携帯番号が手書きされている。彼は名刺を渡すとき、『わからないことや困ったことがあったら、いつでも連絡して』と言っていた。

（ってことは、やっぱりこれって緊急連絡先だよね。わー、どうしよう。どれも私用で使ったらいけない気がする……）

かといって、営業所に直接押しかけるわけにもいかない。美渚は名刺を見ながら頭を悩ませた。あれこれ考えたものの、結局、次に一樹が営業で回ってくる月曜日に誠心誠意謝るくらいしか、いい考えは浮かばなかった。


そうして迎えた月曜日。今日のシフトは早番だ。

美渚が更衣室で着替えていると、ドアがノックされて有華が入ってきた。今日は丈の短いペールピンクのポイントショルダーワンピースを着てホワイトのカーディガンを肩に掛け、ヒールの高いパンプスを合わせて、形のいい長い脚を惜しげもなく披露している。ワンピースは、以前ドラマで小悪魔女子の役を演じていた女優が着ていたものによく似ていた。

「おはようございます、高柳さん」

美渚は有華に声をかけながら、制服のジャケットに袖を通した。

「おはようございます」

有華がロッカーを開けた。カーディガンをハンガーに掛けてから、腕を上げて背中のファスナーに手をやり、ワンピースを脱ぐ。透け感のあるペールピンクのセクシーなブラジャーとショーツだけになって、制服のブラウスを手に取った。美渚より三歳年下なのに、有華の一挙手一投足からは大人の色気が感じられ、同性の美渚でも思わず目を奪われてしまう。

美渚がじっと見ているのに気づいて、有華が露骨に眉を寄せた。

「なんなんですか？」

「あ、いえ」

美渚はあわてて視線をそらし、なにか話題を探して口を開く。

「あー、えっと、今日は営業さん来ますよね？」

「営業さんって波田中さんのことですか？」

有華がブラウスのボタンを留めながら言った。

「はい」

「来ますよ。神戸店にはだいたい月曜日に回ってきますから」

「そうなんですね、ありがとうございます」

美渚は言って、ジャケットのボタンを留め、ロッカーの扉裏の鏡を覗き込んだ。髪をまとめて帽子の中に入れている横で、有華がスカートを穿きながら問う。

「波田中さんに用があるんですか?」

「えっと、用っていうか……」

美渚が答えに迷いながら小声になったとき、亜紀が更衣室に入ってきた。

「おはようございます、香月さん、高柳さん」

「おはようございます」

美渚と有華の声が重なった。

「先に売り場に行ってますね」

美渚は言って更衣室を出た。

(波田中さん、あんまり怒ってないといいんだけどなぁ)

考えると緊張してきて、そわそわしながら和菓子・洋菓子フロアに出た。ラ・トゥールの売り場にブラックのスーツ姿の一樹を見つけて、美渚は足を速めた。美渚が売り場に近づき、彼が気づいて口元を緩める。

「おはよう、香月さん」

「波田中さん、おはようございます」

彼が怒った顔でないことに安堵しつつも、美渚は背筋を伸ばして続ける。

「先日は大変失礼いたしました」

美渚は深々と頭を下げた。顔を上げたとき、一樹は怪訝そうに首を傾げていた。

「なんのこと？」

「あの、せっかく送ってくださったのに……母の電話で……」

「ああ、それ」

一樹が思わせぶりに片方の口角を引き上げた。

「お母さんからの電話じゃ仕方ないよね」

彼の言葉に美渚はホッと肩の力を抜いた。一樹が彼女の耳に唇を寄せて言う。

「でも、香月さんともっと一緒にいたかったから、すごく残念だった」

「えっ」

美渚は小さく声を上げて、一樹の方を見た。すぐ近くに彼の顔があって、反射的に身をすくませる。

「だから、今日は香月さんに会えるのを楽しみにしてたんだよ」

彼が言って甘く微笑み、美渚はぎこちなく笑みを返した。

「あ、ありがとうございます」

一樹が怒っていないことは嬉しいが、彼の甘い言葉にはまだ免疫ができそうにない。一樹の蕩けそうなほど優しい眼差しを直視できなくて視線を落としたとき、売り場に有華と亜紀がやってきた。有華は美渚を押しのけるようにして一樹の前に立った。

「おはようございます、波田中さん」

有華と亜紀が同時に言った。

「おはようございます、高柳さん、村木さん。今日もよろしくお願いします」

「はい」

一樹の甘い笑顔に、有華が上目遣いでかわいらしく応じた。

(高柳さんってなんであんなにかわいいのかなぁ。あんなふうに見上げたら、私もかわいく見えるのかな?)

美渚が有華を観察していたら、気づいた彼女に横目で睨まれ、美渚は首を縮こめた。

もう一人アルバイトが出勤してきて、今日は亜紀が朝の挨拶を行い、普段通り品出しを始めた。パティシエたちが製造した洋生菓子を美渚と亜紀が順にショーケースに並べている間、有華がショーケースをふきんで拭いている。

見習いパティシエが板重を持って何度か売り場と厨房を往復したあと、今度は蒼介が両手で板重を持って出てきた。中には今朝焼かれた紙容器入りのフォンダンショコラが、透明のラッピング袋に入れられて三十個ほど並んでいる。袋の口は開いたままだ。

蒼介がカウンターに板重を置き、その前でプライスカードをより分けていた美渚に事務的な口調で言う。

「雨の予報だからあまり出ないかもしれないけど、今日のチラシに載ってるので多めに作った。ワイヤーリボンをかけてくれ」

「わかりました」

美渚は顔を上げて返事をした。蒼介が厨房に戻り、美渚は目当てのロールケーキのプライスカードを見つけて、ショーケースの裏から手を入れ、棚の端に並べた。続いて板重が置かれたカウンターに向き直り、フォンダンショコラ用のワイヤーリボンを探して腰を折り、カウンターの引き出しを上から順に開ける。

（あった）

下から二段目の引き出しに、色とりどりのワイヤーリボンが入っていた。その束を取って立ち上がったとき、ふきんを持って通りかかった有華が突然悲鳴を上げた。

「きゃあっ」

美渚が驚いて振り向くと、有華がよろけながら板重につかまり、そのまま売り場に尻餅をついた。有華がつかんだままの板重が大きく傾き、フォンダンショコラが宙を飛ぶ。

「えええっ」

美渚が声を上げたときには、フォンダンショコラは次々と床に落ちていった。柔らかなお菓子が床の上を転がるのを見て、美渚の顔が青ざめる。

「痛ぁい！」

有華が大声を上げ、ラ・トゥールにいる全員が集まってきた。厨房にいた蒼介さえも、騒ぎを聞きつけて、開いていたドアから出てくる。

「ゆ……高柳さん、大丈夫？」

一樹が手を差し伸べ、有華がその手につかまってよろよろと立ち上がった。彼女の足元では、商品のフォンダンショコラがビニール袋から飛び出して床に転がったり、紙容器が変形したり、紙容器は無事でも中身が崩れてしまったり……と無残な姿をさらしている。

「やだぁ」

有華が一樹のスーツの腕にしがみついた。一樹は空いている方の手を顎に当て、困った表情で床の上のフォンダンショコラをじっと見る。

「これは売り物にできないな。でも……落ち扱いするには量が多いし……どうしようかな」

ラ・トゥールでは、期限切れで廃棄処分される商品のことを〝落ち〟と呼ぶのだが、さすがにこれだけの量を単純に廃棄処分扱いしてマイナス計上するのは難しい。大量に売れ残るような販売計画を立てたとして、営業社員や店長が本社から責任を問われることになりかねないのだ。

有華が責めるような目つきで美渚を見た。

「香月さんが急に立ち上がるから、私、びっくりして……思わず板重をつかんじゃったんですよ！」

「え」

　美渚はハッと片手を口に当てた。

（高柳さんがよろけたのは……私のせいだったの？）

「それに商品をこんなところに置きっぱなしにして！　さっさと仕事をしてくれてたら、こんなことにならなかったのにっ」

「私……プライスカードを並べてから、ワイヤーリボンをかけようと思って……」

　美渚が小声で言うと、有華の口調がさらに険しくなる。

「言い訳しないでください！　あーあ、広告掲載商品をこんなにダメにしちゃって……営業成績に響くじゃないですか。香月さんは波田中さんを困らせたいんですか⁉」

　有華の言葉に美渚は驚いた。

「そ、そんなつもりはありません！」

「だって、商品を台無しにしちゃったじゃないですか。どうするんですか？　謝って済む問題じゃないと思いますけどっ！」

　有華が厳しい口調で言ってから、チラッと一樹を見た。彼は眉間にしわを寄せて難しそうな顔をしている。

（そうだよね……。こんなに落ちを作ったら、販売計画をちゃんと立てなかったみたいになっちゃうし……）

美渚はおずおずと言う。

「あの、落ちにしなくていいように、私が全部買い取ります」

一樹がハッとして口を開きかけたが、それより早く有華が言う。

「当然でしょ。ホント、気が利かないっていうか頼りないっていうか」

勤務を始めて三ヵ月にもならない有華に激しく非難され、美渚は自分が情けなくなった。

（私って恋愛も仕事も、なにもかもダメじゃない……）

美渚は膝をついて、床の上のフォンダンショコラを拾い始めた。亜紀がしゃがんで美渚を手伝い、蒼介が膝を折って無言でゴミ袋を差し出した。

美渚は蒼介の顔を盗み見た。マスクと帽子のせいで表情はわからないが、せっかく作った商品が店頭に並べられないままゴミ袋に入れられるのを見るのは、どんな気持ちだろう。悲しいだろうか、悔しいだろうか、腹立たしいだろうか。想像したら苦しくなってきた。

美渚は立ち上がって、ゴミ袋ではなく雨の日用の商品袋を引き出しから取り出した。

「私、これ全部いただいて帰ります！」

美渚はキッパリと言った。しゃがんで、商品袋にフォンダンショコラを入れ始める。両手に崩れたフォンダンショコラを持っていた亜紀に、袋を差し出した。

「村木さんもここに入れてください」

「香月さん？」

　亜紀が困惑したように美渚を見たが、美渚は亜紀の手からフォンダンショコラを取って商品袋に入れた。すべて手早く袋に入れて立ち上がり、一樹に向き直る。

「ご迷惑をおかけしてすみません。すぐに清掃担当者を呼んできます。この三十個分の代金はすぐお支払いしますので、落ち処理はしないでください」

「香月さんはそれでいいの？」

　一樹に訊かれて、美渚はうなずいた。振り返り、ゴミ袋を持ったまま立っている蒼介に近づく。

「吉野さん、せっかく作っていただいたものをこんなことにしてしまい、申し訳ありませんでした。あの、お忙しいところすみませんが、三十個分を追加で製造していただけませんか？」

　マスクと帽子から覗いていた切れ長の目が、すっと細くなった。またなにか叱られるのか、と美渚が身構えたとき、蒼介が亜紀に言った。

「村木さん、内線で清掃担当者に連絡をお願いします」

「わかりました」

　亜紀が受話器を取り上げたのを見て、蒼介が美渚に視線を戻し、ついてこいというように、顔を傾けて売り場の外へ出た。美渚はフォンダンショコラを入れた袋を持って、ビクビクしながら彼に続いて店舗を出る。

前を歩く彼に続いてフロアを抜け、着いた先はバックヤードの中だった。彼が美渚に向き直り、マスクを外した。いつもの無愛想な顔が現れて、美渚は身をすくませる。

「あのな」

蒼介に声をかけられ、美渚の肩がビクッと震えた。

「は、はい」

「波田中さんの前だからってかっこつけるなよ」

「え？」

「あんたの給料じゃキツイだろ」

蒼介の顔からはなんの感情も読み取れない。彼がなにを言おうとしているのかわからなかったが、美渚はギュッと拳を握って彼を見返した。

「私、かっこつけてるつもりはありません。吉野さんたちがせっかく作ってくださったのに、一度も売り場に並べられないまま落ち扱いされて処分されるのがイヤなんです。だから、捨てられるくらいなら、私が食べようかと……」

「本気で言ってんの？」

蒼介が顔を近づけ、美渚の目を覗き込んだ。美渚は反射的に後ずさりそうになったが、ぐっとこらえた。

「ほ、本気です！　だって、形が崩れただけで、直接床に落ちたわけじゃないから、きっと食べられると思うんです！」

美渚が申し訳なさのあまりそう口走ると、蒼介は表情を緩めた。

「三十個もあるんだぞ。あんた、どれだけ食い意地張ってんの」

口角を上げてふっと笑みをこぼし、美渚を励ますように明るい声で続ける。

「とにかくあんたが肩代わりをする必要はない」

「でも、落ちにするわけには――」

美渚の言葉を遮るように、蒼介が言葉を被せる。

「高柳さんの言う『こんなところ』に置きっぱなしにしたのは俺だ」

「でも、私がすぐに対応していれば」

美渚が必死で食い下がろうとすると、蒼介が右手を伸ばして美渚の手からフォンダンショコラの入った袋を取り上げた。

「あ」

彼は口を開きかけた美渚の肩を左手でつかみ、壁の姿見の方を向かせる。

「今の自分の顔を見てみろ」

蒼介に言われるまでもなく、目の前の鏡には自分の姿が映っていた。ただでさえ下がり気味の眉を大きく下げて、不安で今にも泣きそうな情けない顔をしている。

「なんてしけた顔をしてるんだ。あんたの仕事は俺たちが作ったケーキを笑顔で売ることだろ？　そんな顔でうちの商品がおいしそうに見えると思う？」

蒼介に言われて、美渚は鏡に映る彼を見た。

「俺が怒ってるか気にしてるのかもしれないが、俺が怒るとしたら、あんたが今日一日をそんな顔で過ごして売り場の雰囲気を暗くすることだ」

「吉野さん……」

それでも申し訳ない顔をする美渚を見て、鏡の中の蒼介が首を横に振った。

「今は自分の仕事に集中しろ。正午に出す予定のフォンダンショコラがあるから、それを代わりに出す。正午の分は今から焼くからあんたはなにも気に病む必要はない」

「でも……」

「〝でも〟は聞き飽きた。ほら、大きく息を吸ってみろ」

「え？」

美渚が怪訝そうな声を上げると、蒼介がぴしゃりと言う。

「いいから言われた通りにしろ」

「は、はいっ」

美渚は大きく息を吸い込んだ。

「それをゆっくり吐き出すんだ」

美渚はふーっと息を吐き出し、鏡の中の蒼介を見返した。彼は優しげな笑みをたたえて美渚を見ている。

「よくできたな。さっきより落ち着いた表情になった。でも、まだあんたの本当の笑顔じゃない」

「本当の?」

不安を拭いきれないままの美渚に、蒼介が大丈夫、というようにうなずいた。

「そうだ。いいか、さっきみたいに深呼吸して気持ちを切り替えて、いつものように笑えるようになってから戻ってこい。俺はあんたの笑顔が好きなんだから」

蒼介の最後の言葉に驚き、美渚は目を見開いて振り向いた。蒼介は照れるそぶりもなく、諭すように言う。

「ラ・トゥールにはあんたの笑顔が必要なんだ」

目の前の彼は温かな笑みを浮かべていた。彼のその言葉が、不思議と美渚の心を落ち着かせてくれる。これからの仕事に集中するための蒼介の思いやりなのだろう。美渚は素直にうなずいた。蒼介がうなずき返し、売り場に通じるドアを開けて出ていった。彼の姿が消えて、美渚は姿見に向き直り、言われた通り大きな深呼吸を繰り返した。徐々に気持ちが落ち着き、口角を引き上げて明るい笑顔を作る。

(今の私にできる最善のことは、笑顔で仕事に集中すること)

美渚は売り場へと通じるドアを開けて、早足で店舗に戻った。ラ・トゥールの売り場は、清掃担当者の手によって元通りキレイになっている。

「香月さん、大丈夫？」

亜紀に気遣うように尋ねられ、美渚は「ご迷惑をおかけしてすみませんでした」と頭を下げた。一樹が近づいて美渚に話しかける。

「吉野さんが買い取ってくれたから、俺の方は大丈夫だし、香月さんはもう気にしないで」

彼の言葉に美渚は「えっ」と声を上げた。

「吉野さんがですか？」

「そうだよ。もう代金を払ってくれた。さっきはその話をしに行ってたんじゃなかったの？」

一樹に怪訝そうに言われて、美渚は厨房に視線を送った。そのドアは閉ざされていたが、窓からはほかのパティシエとともに作業をしている蒼介の横顔が見える。

「これからはもっと気をつけてくださいよねっ」

有華に言われて、美渚はハッと彼女の方に視線を戻した。有華は腕を組んで美渚を下から睨み上げている。

「はい、気をつけます」

美渚は素直に返事をして、開店準備の続きに戻った。

第六章　鬼パティシエは意外に優しい

その日は予報通り開店直後から雨が降り出し、客足は思ったように伸びなかった。早番だった美渚は、対応していた客を見送り六時十分に勤務を終えた。

「お先に失礼します」

遅番の契約社員とアルバイトに小声で声をかけて、売り場からバックヤードに戻った。

美渚が更衣室に入ったとき、先に着替えていた有華がこれみよがしに大きなため息をついて言う。

「あー、ホント、今日は朝から大変だったぁ」

「そう？　今日は雨でお客様も少なかったし、あまり忙しくなかったと思うけど」

亜紀がジャケットをハンガーに掛けながら言った。

「違いますよぉ。誰かさんのせいで朝からバタバタして大変だったってことです」

有華がカーディガンを手に取りながら、美渚の右側から鋭い視線を送った。美渚はジャケットのボタンに手をかけたまま、キュッと下唇を嚙む。

「高柳さん、もう済んだことなんだから蒸し返すのはやめましょうよ」

美渚の左側から亜紀にたしなめられ、有華が唇を尖らせた。

「だって、大変だったのはホントじゃないですか」

その言葉を無視して、亜紀が気遣うように美渚を見た。

「香月さんももう気にしなくていいからね」

「ありがとうございます……」

美渚はうなだれて言った。こんなふうだから、いつまで経っても母に心配されてしまうんだ、と情けない気分になる。

美渚がのろのろと着替えているうちに有華が着替え終わり、「お先に失礼しま～す」と言って、パンプスの音を高く響かせながら出て行った。

「私も保育園のお迎えがあるから、先に帰るわね」

亜紀が言って、大きめのハンドバッグを手に取り、ロッカーの鍵をかけて急ぎ足で出て行った。美渚は制服のブラウスを脱いで私服のカットソーに袖を通したとき、ハッと気づいた。

（そうだ！　吉野さんも早番だった！）

ラ・トゥールのパティシエの場合、早番だと朝は七時出勤のため、もう帰っている可能性もある。だが、蒼介は主任パティシエのため、ほかのパティシエよりも遅くまで残っていることがほとんどだ。

美渚はあわててフレアスカートを穿いてパンプスを履き替え、ハンドバッグを手にしてロッカーを閉めた。

（吉野さんに立て替えてもらうわけにはいかないのに！）

急いで更衣室を出たが、男性用更衣室を覗くわけにもいかず、その場でうろうろする。

（吉野さん、もう帰っちゃったかな～）

彼の姿が厨房になかったことを思い出し、出遅れてしまったかな、と思ったとき、男性用更衣室から蒼介が出てきた。白一色のパティシエの制服姿のときとは違って、カーキのチノパンにグレーのVネックシャツを着て、ブラックのカジュアルなジャケットを羽織っている。足元もブラックのスニーカーで、一瞬、彼だとわからなかった。

「お疲れ」

蒼介が言って通り過ぎ、美渚はハッとしてその背中に声をかけた。

「あのっ、吉野さん！」

彼が足を止めて振り返った。その角度で見る彼の切れ長の目が鋭く見えて、美渚の背筋がピシッと伸びる。

「あのっ」

「なに」

蒼介が短く言って美渚に向き直った。

「フォンダンショコラの件はやっぱり私の方が悪いと思います。だから、私が全額お支払いします！」

美渚は言ってハンドバッグから財布を取り出した。それを開いて、入っていた二枚のお札を抜き出し、蒼介に差し出した。それを渡せば財布には小銭しか残らなくなるが、そんなことは今は問題ではない。

蒼介が腰に両手を当てて呆れたようにため息をついた。

「お人好しにもほどがあるな。あの場所に置いたのは俺だ。あんたが作業しやすいように置いたつもりだったが、高柳さんにはいろいろな意味で邪魔だったんだろ。俺に言わせれば――俺以外もそう言うと思うが――肩代わりすべき人間がいるとすれば、それはあんたじゃない」

そう言ってくるりと背を向け、歩き出した。美渚はあわててお札を握った手で彼のジャケットの裾をつかむ。

「それじゃ私の気が済まないんです！　そもそも私が置きっぱなしにしなければ……」

蒼介が目を細めて振り返った。

「しつこい。いらないものはいらないんだ」

「それじゃ、せめて半分！　半額だけでも！」

蒼介が美渚の手から逃れようとジャケットを引っ張ったが、美渚は離すまいとしっかりと握った。必死で見上げる美渚を蒼介はじっと見ていたが、やがてふっと表情を緩めた。

「そんなにうちのフォンダンショコラが食べたいわけ？」

「え、あ」

落ちた商品を本気で食べるつもりはなかったので、美渚は口ごもってしまった。蒼介の口角が上がり、バックヤードの鏡の中で見たのと同じ、穏やかな笑顔になる。

「あのフォンダンショコラの件はもう片付いたんだ。あんたがなんと言おうが、全部俺のものだ。あんたにはやらない」

彼は俺のものだと言ったが、あれを蒼介が本当に持って帰るはずはない。事実、彼は今は手ぶらで、落ちたフォンダンショコラがすべて処分されたことは誰にだってわかる。

「でも……」

美渚が納得していない様子なのを見て、蒼介はもう一度ため息をついた。そうしてしばらく考えるように美渚を見ていたが、やがて口を開く。

「それじゃ、俺の頼み事を一つきいてもらおうかな」

「頼み事ですか？」

美渚は蒼介のジャケットから手を離して彼を見た。

「ああ。それでチャラってことでどう？」

「内容にも……よりますけど」

鬼パティシエの頼み事なんて、どんなものか想像もつかない。

（厨房の大掃除とかだったらどうしよう……。でも、やるしかないよね）

美渚は不安になって、上目遣いで彼を見た。

「そう怯えるなよ。なにも無理難題をふっかけようってわけじゃない」

蒼介が含み笑いをして続ける。

「俺の新作の味見係になってほしいんだ」

「味見係？」

「ああ」

美渚は一度瞬きをした。

「そういうのって……職場のパティシエ同士でやるものじゃないんですか？」

「普通はね。でも俺は、職場でアイディアを出す前に自分で試作品を作ってるから、それを味見してほしいんだ」

「そうなんですね。まあ……味見係って私にとったらすごく嬉しいことなんですけど」

なにしろラ・トゥールの主任パティシエが企画に出す前の新商品を味見できるのだから。

蒼介が小さく肩をすくめた。

「自分でばっか食ってると太りそうだし、俺は味見係がいてくれる方がありがたい」

「ホントに……それでいいんですか？」

「味見係がイヤだって言うなら、もっと意地悪な頼み事をしてもいいけど」

蒼介に「なにがいいかな～」とニヤリとされ、美渚は目を見開いた。

「ぜ、ぜひっ！　味見係をさせてください！」

「それならこれで契約成立だな」

蒼介が美渚に顔を近づけて微笑んだ。今日一番大きな彼の笑顔を見て、美渚の心がホッと軽くなった。同時に無性に嬉しくなり、笑みが込み上げてくる。

店頭に並んでいるケーキは、客に味を説明するため、すべて食べている。だが、今回蒼介が言ったのは、店頭に並ぶ前の企画段階のものなのだ。

（うー、ワクワクする！）

美渚の笑顔を見て、蒼介がふと言った。

「やっぱりあんたは笑った方がいいな」

その言葉に、美渚の心臓が大きく跳ねた。

「や、やっぱりって？」

美渚が蒼介を見返すと、彼が右手の人差し指で頬を掻いた。

「仕事をしてるときも……楽しそうだし。それに、あんたが俺たちの作ったケーキを休憩時間に食べているのをときどき見かけるけど……いつもすごく嬉しそうに食べてくれるだろ？　そのときの笑顔を見て……ずっとそう思ってた」

「だ……って、ケーキは好きだし、好きなものを売る仕事は楽しいですから」

美渚は答えながらも、頬が熱を帯びていくのを感じた。仕事中はもちろん笑顔を心がけているが、ケーキを食べているときの自分の表情なんて、意識したことがなかった。それを見られていたことは恥ずかしいが、笑顔を男性に『いいな』なんて言われたのは初めてで、同時にくすぐったいような気持ちになった。

「あんたももう上がりだろ？　地下鉄？」

蒼介が言って促すように顔を傾ける。

「あ、はい」

蒼介が歩き出し、美渚も彼に続いて一階へと続く階段を上った。

「お先に失礼します」

守衛室の警備員に声をかけて、従業員通用口から外に出た。雨はやんでいるが、空はどんよりと暗くて、アスファルトの地面にはところどころに水たまりができている。

「少し寒いな」

地下鉄に続く歩道を歩きながら、蒼介が言った。美渚はショート丈のコートの前を掻き合わせた。

「ホントですね。これだけ冷え込んだら、紅葉が進みますね」

「行楽弁当のついでに売れるのは和菓子の方が多いかなぁ」

蒼介のつぶやきに、美渚は少し考えてから答える。

「春のお花見の頃はお団子がよく売れそうですけど、私は秋は洋菓子ってイメージです」

「そう?」

蒼介が歩きながら美渚を見た。

「勝手なイメージですけど、お弁当のデザートにプチガトーを食べたいです。バターの香りのきいたフィナンシェとか、優しい甘さのマドレーヌとか……あとは秋の味覚を生かしたプチタルトとか!」

「ああ、栗とかサツマイモの小さいスイーツだな」

「はい! でも、あれって危険なんですよ~」

美渚の言葉に蒼介が怪訝そうな表情になった。

「危険?」

「はい。小さいからいくつでも食べられちゃうんです。『もう一個くらいいいかな~』とか思って、気づいたら五個とか食べてたり」

「五個⁉」

蒼介の声が大きくなった。

「あ、もしかして呆れてます?」

美渚が見上げると、蒼介が小さく首を横に振った。

「いや、あんたらしいな、と思った」

「私らしい……?」

美渚は小首を傾げ、蒼介が笑みを大きくして言う。

「ホントにうちのケーキが好きなんだな」

「大好きですよ。というより、食べること全般が好きです」

美渚が言ったとき、少し先の横断歩道の信号が点滅して赤に変わった。車道の手前で蒼介が足を止めて言う。

「わかるよ。食堂でなにか食べてるときのあんたを見てるとしみじみそう思う」

「しみじみって」

美渚が苦笑しながら隣に立つ蒼介を見たとき、彼がいきなり美渚の二の腕をぐっとつかんだ。

「きゃ」

次の瞬間には強い力で後ろに引っ張られ、美渚はよろよろと後ずさった。

なんですか、と文句を言うより早く、美渚の目の前を白い軽自動車が通り過ぎ、水たまりの水を派手に跳ね上げた。その水が、さっきまで美渚が立っていた場所に音を立てて落ちる。蒼介が後ろに引っ張ってくれなかったら、その水を頭から被っていたことだろう。

美渚は安堵の息を吐いた。

「ありがとうございます」

「いや」

蒼介が美渚の腕から手を放し、前を向いて手をチノパンのポケットに突っ込んだ。

（吉野さんってすごく気がつく人なんだ……。まあ、神経をすり減らすような細かい作業が必要な仕事をしてるもんね……）

彼の横顔をまじまじと見た。切れ長の目とすっと通った鼻筋をした端正な顔立ちで、引き結ばれた唇が意志の強さを感じさせる。蒼介が、なに？　と言いたげに美渚をチラッと見た。視線が合って、美渚はあわてて目をそらす。前を見たら信号が青に変わって、横断歩道に足を踏み出した。渡りきればすぐ地下鉄の駅の入り口だ。

「俺はＪＲだから」

蒼介が言って足を止め、美渚に問う。

「明日は出勤？」

「いいえ。明日は休みで明後日から五連勤です」

「俺は明後日休みだから、木曜日に味見係を頼めるかな？」

「わかりました」

美渚が答えると、蒼介が柔らかく微笑んだ。

「よろしく。じゃ、お疲れ。気をつけて帰れよ」

「はい。お疲れ様でした」

　蒼介は軽く左手を挙げて背を向け、ＪＲの駅の方へと歩き出した。美渚は階段を下りて地下通路を歩き、改札へと向かう。その足取りは、今日の仕事が終わった直後とは比べものにならないくらい軽かった。

（吉野さんに怒られるかと思ったのに……こんなふうに話せるようになるなんて……思わなかったな。おまけに味見係になっちゃったし）

　美渚は一緒に帰りながら何度か見た蒼介の笑顔を思い出して、思わずふふっと笑みをこぼした。

（マスクと帽子のせいで、いつも目元しか表情がわからなかったけど、あんなに笑う人だったんだ）

　初対面のときに彼に抱いた〝鬼パティシエ〟というイメージは、もうすっかり消えていた。

第七章　味見係の初任務

三日後の木曜日は早番勤務だ。制服に着替えて九時二十分に売り場に出たら、厨房から蒼介が出てきた。

「おはよう」

蒼介がマスクを下げて穏やかな笑みを見せた。朝から彼の笑顔を見るなんて珍しい、と思いながら美渚は挨拶を返す。

「おはようございます、吉野さん」

「月曜の話だけど」

蒼介が声のトーンを落として話しかけてきたので、美渚も彼に合わせて小声になる。

「味見係のことですね？」

「そう。タルトを作ってきたから、昼食休憩か三十分休憩のときにでも食べてくれないかな？」

「プチタルトですか？」

「よりも大きい普通のタルト」

「やった！　タルト大好き！」

サクッとした生地とクリームとフルーツの組み合わせを想像して、美渚は表情を輝かせて続ける。

「じゃあ、三十分休憩のときでいいですか？」

「あんたの都合に合わせるよ」

「今日はたぶん二時半前後から三十分休憩になると思います」

「じゃあ、そのときに厨房に声をかけてくれ。タルトは食堂の共用冷蔵庫に入れてるんだ。俺もそのくらいの時間に休憩に入るようにするから、一緒に行って渡すよ」

「わかりました」

美渚は答えてから、蒼介の耳にこっそりとささやく。

「で、商品名はなんなんでしょう？」

蒼介が同じように美渚の耳にささやき返す。

「秘密」

「えーっ」

美渚は思わず声を上げて、ハッと両手で口を押さえた。蒼介がニッと笑って言う。

「それじゃ、よろしく」

「はい！」

（主任パティシエの新作ってだけでもドキドキするのに、いったいなにを食べさせてもらえるんだろう！）

美渚は楽しい気分になって、緩みそうになる頬を懸命に引き締めた。


今日は有華が休みで、店長と美渚、亜紀の三人体制だ。広告を入れていない平日のため、土日のような行列はできず、比較的落ち着いた時間が過ぎていった。午後からはアルバイトの女性が二人とベテランの女性契約社員が一人入り、美渚は二時四十分から三十分休憩になる。

「香月さん、二番に行ってください」

亜紀にラ・トゥール用語で二番――三十分休憩――に入るように言われて、美渚は厨房に行きドアをノックした。すぐに小窓の向こうに蒼介の顔が見え、彼がうなずいて人差し指でバックヤードの方向を示した。

（先に行けってことかな）

美渚はうなずいてバックヤードに向かった。洋菓子の店舗の間を通りながら、ライバル店の商品をチラチラと見る。

（どこも栗やサツマイモ、リンゴのケーキを充実させてきてるよね～。でも、やっぱりうちのケーキが一番だなんて思うのは、ひいき目で見すぎかな）

　そんなことを思いながらバックヤードに入り、従業員用エレベーターで五階に上がった。食堂で窓際の空いている席を見つけ、窓を背にして座る。ガラス窓越しに日差しがぽかぽかと差し込んできて、五分ほどじっとしていたら眠たくなってきた。

「ふわぁ……」

　手を口に当てながら大きなあくびをしたとき、入り口から蒼介が入ってきた。目が合って、彼が表情を崩す。

（わ、あくびしてるの見られた）

　蒼介は食堂奥の共用冷蔵庫の扉を開け、白い小さなケーキボックスを取り出し、美渚のテーブルに歩いてくる。

「休日に遊びすぎたのか？」

　そう言いながら、美渚と向かい合う席に腰を下ろした。

「まさか！　休日っていったって、二日前ですよ！　買い物に行っただけで、遊んでなんかいません」

「それは失礼」

　蒼介が言って、テーブルにケーキボックスを置いた。

「これを頼むよ」

「わーい」

美渚はケーキボックスを手前に引き寄せ、そっと開けた。現れたのは手のひらにのるくらいの大きさのタルトで、カットされたマンゴーが形よく盛られている。

「これはマンゴーのタルトですか？」

美渚は顔を上げて蒼介を見た。彼が片肘をついて頰を支えながら言う。

「〝レモンとマンゴーのタルト〟。マンゴーは今が旬のオーストラリア産を使ってみた」

「わぁ」

美渚はボックスからタルトを取り出し、ペーパーナプキンの上に置いた。

「ああ、フォークを借りてこなきゃいけないな」

蒼介が腰を浮かせかけ、美渚は小さく右手を振った。

「いえ。マイ・フォークを持ってますから」

美渚はトートバッグからフォークケースを取り出した。それを見て蒼介が目を大きくする。

「今まで使ってたのもマイ・フォークだったの？」

「はい！　マイ・プレートも持ってきてるんですよ」

美渚はトートバッグから軽量強化磁器のホワイトプレートを取り出し、その上にペーパーナプキンごとタルトを置いた。蒼介が小さく首を振って言う。

「マイ・フォークにマイ・プレートまで持参してるやつを見たのは初めてだ」

「お気に入りの食器で食べると、幸福感が増すんです」

美渚は言って「いただきます」と両手を合わせた。フォークを手に取り、タルトを小さく切って口に運ぶ。完熟したマンゴーの濃厚な甘みをレモンの爽やかな香りが引き立てていて、あとを引くおいしさだ。

「どうしよう」

美渚がフォークを持った右手で口元を押さえ、蒼介が心配そうに彼女を見た。

「口に合わなかった？」

美渚は首を横に振って、マンゴーのとろりとした舌触りを楽しむ。それが独特の甘さと香りを残してのどに消えたとき、ほぅっと息をついてうっとりと言う。

「問答無用でおいしいです」

蒼介が瞬きをした。

「変な日本語」

「だって、ほかに表現できないんですもん」

美渚は言いながら、二口目を口に運んだ。

「ヤバいです、止まりません」

美渚が幸せそうな顔で味わっているのを見て、蒼介は小さく息を吐いた。

ほどなくしてタルトはすべて美渚の口の中に消え、美渚は満足してペットボトルの紅茶を飲み、手を合わせた。

「ごちそうさまでした」

「で、味見係としての感想は？」

蒼介に訊かれて、美渚は真顔になった。

「今すぐ売り場に出したいくらいおいしかったです。でも、これから寒くなるし、季節感だけが……ちょっと……気になります」

最後の方は遠慮して小声になった。蒼介が右手で前髪をくしゃりと掻き上げた。

「だよなぁ」

「だよな？」

自分でもそう思いつつ作ったんですか、という意味を込めて美渚は蒼介を見た。彼は椅子に背を預けて言う。

「実は五月に考えてたんだよ。でも、あの当時、本社企画部は抹茶の商品を押してたから、神戸店も抹茶のオリジナル商品を企画するように言われて、結局このタルトは出せずじまいだったんだ」

「そうだったんですね」

美渚は、前の店舗でも〝抹茶ミルクプリン〟を店舗限定オリジナル商品として売り出していたことを思い出した。

「でも、こうしてあんたにうまそうに食べてもらえたから、商品化されなくてもまあいいかなって思えたよ」

蒼介の言葉を聞いて、美渚は右手でドンとテーブルを叩いた。

「まあいいかなじゃありませんよ！　マンゴーは人気あるのに！　なんで遠慮なんかしちゃったんですか！　もったいない。私が企画担当だったら即採用しましたよ！」

「遠慮したわけじゃない。企画部の意向に沿わないと思ったから出さなかっただけだ」

「一緒ですよ！　まったく」

美渚が珍しく怒っているので、蒼介がおもしろがるような口調で言う。

「あんたでも怒るんだ」

「怒りますよ！　こんなおいしいものを世の中に出さないなんて、犯罪に等しいです！」

「犯罪って」

蒼介がクスリと笑ったとき、美渚は食堂のドアのところに一樹の姿を見つけた。ブラックのスーツ姿で食堂を見回している。

「波田中さんだ」

美渚のつぶやき声を聞いて、蒼介が肩越しに出入り口を見た。一樹が二人に気づいて、テーブルに近づいてくる。

「こんにちは、香月さん、吉野さん」

「こんにちは」

美渚が答え、蒼介が小さく会釈した。一樹が美渚の隣の椅子に腰を下ろし、美渚は反射的に背筋を伸ばした。

「売り場に行ったら、香月さんは食堂だって言われたから」

美渚が一樹を見ると、彼は美渚の方に体を寄せて言う。

「月曜日は大丈夫だった?」

「あ……」

有華がフォンダンショコラをひっくり返したときのことを言っているのだと美渚は気づいた。

「申し訳ありま――」

謝ろうとした美渚の言葉を、一樹が遮る。

「いや、あれは高柳さんの不注意もあったから。でも、あの一件で香月さんが落ち込んでないか心配で、今日、時間を作って会いに来たんだ」

甘く見つめられ、美渚の頬が熱くなる。

「わ、わざわざすみません。今後はあのようなことがないように気をつけます」

美渚の返事を聞いて、一樹が苦い笑みをこぼした。

「他人行儀だなぁ。なんでも相談してって言ったのに」

「なんで謝るの？　香月さんのためなら俺、なんだってするのに」

「すみません」

すぐ目の前で一樹にじいっと見つめられ、美渚はドギマギして視線をさまよわせた。蒼介が低い声で言葉を挟む。

「あんた、それ本気で言ってるのか？」

「〝あんた〟？」

一樹が蒼介の方を見て、腕を組んだ。

「ずいぶん偉そうな言いぐさだな。年齢からすれば俺の方が先輩になるはずだけど」

蒼介が同じように腕を組んで言う。

「俺は二年制の専門学校を卒業してから入社したから、年齢は大卒のあんたより二つ下でも同期入社なんだ。だから、あんたのことはいろいろと知っている」

（いろいろって……？）

美渚がつい一樹の方を見たら、一樹が腰を浮かせた。

「そろそろ行かないと」

「あ、わざわざありがとうございました」

美渚は立ち上がって一樹にお辞儀をした。一樹が美渚の耳に唇を寄せる。

「あとで連絡するから」

一樹はすぐに蒼介に視線を向けた。

「それじゃ、引き続きよろしく」

そうして早足で食堂を出て行った。

（忙しいのにわざわざ私のことを心配して来てくれたんだ……）

一樹の後ろ姿がエレベーターの中に吸い込まれて見えなくなり、美渚は椅子に座った。

目の前では蒼介が無表情で頬杖をついている。

「吉野さんは……波田中さんと同期だったんですね」

「採用枠が違うから、向こうは知らないみたいだけど、一応な」

「波田中さんってやっぱりモテますよね？」

美渚はいつか見た有華と一樹の様子を思い出しながら訊いた。蒼介がそっけなく答える。

「そうだな」

（ってことは、いろいろ優しいことを言われても、やっぱり真に受けないようにしなくちゃ。私はイケメンに免疫がないから、勘違いしそうで危険だわ）

美渚が真剣な表情で考えているのを見て、蒼介が冷めた口調で言う。

「あんたに大人の付き合いができそうだとは思えないけどな」

「大人の付き合いって……」

美渚は情けない笑みを浮かべた。予行演習のつもりで臨んだ一樹とのディナーも、飲める以上に飲んで、送ってくれた彼にお茶も出さず、最後は必死でトイレに駆け込むというひどい有様だった。

「確かに私みたいにいろいろ初心者な女じゃ、波田中さんどころか誰とだって無理ですよ」

「いろいろ初心者？」

蒼介に怪訝そうに問われて、美渚はあたふたと早口で言う。

「や、別に初心者って恋愛の初心者ってわけじゃなくって、でも、実際そうかもしれないけど、今までにも好きな人はいて、だから……」

「あのな」

蒼介が真顔で口を挟んだ。

「俺は誰とだって無理とかそんな意味で言ったんじゃない。波田中さんにはもったいないって意味だよ」

「いいんです。そんなふうに慰めてもらわなくても、自分のダメさは自分が一番よくわかってますから」

（いまだにお母さんに『抜けてて頼りない』って言われるし、一生懸命仕事をしているつもりでも、周りが見えてなくて失敗しちゃったし）

美渚は悲しい気持ちで視線をテーブルに落とした。マイ・フォークとマイ・プレートを出しっ放しだったことに気づいて、静かに片付け始める。

「慰めてるわけじゃない」

蒼介がふと低い声で言い、美渚は顔を上げて彼を見た。蒼介は美渚を見て、迷うように唇をつぐんでから、また口を開く。

「俺は……ケーキを食べているときのあんたの笑顔を初めて見たとき、あんなふうに食べてもらえて幸せだなって嬉しくなったんだ。もっと笑顔になってもらえるようにがんばろうって、不思議と前向きな気持ちになった。周りの人間をそんな気持ちにさせられる女性はそうはいない」

蒼介の言葉に美渚は照れくさくなり、トートバッグの持ち手をもじもじと握った。

「ありがとうございます。そんなふうに言ってもらえたのは初めてです。吉野さんって……意外といい人なんですね」

「意外とってなんだよ」

蒼介が不満そうに言って肘をついた手で口元を覆った。頬骨の辺りがほのかに朱に染まっていて、照れているのを隠そうとしているのがわかる。その表情に美渚は不思議と親近感を覚えた。

「だって、初対面のときいきなり怒鳴られたから、ずっと怖い人だと思ってたんです」

「あれは悪かったと思ってるよ」

蒼介が視線を美渚から窓へと移した。美渚はトートバッグの持ち手を両手でギュッと握り、湿っぽくつぶやく。

「あーあ、私のこと、波田中さんも吉野さんみたいに思ってくれたらいいのになぁ……」

波田中さんだけじゃなく、高柳さんや村木さんにも……と思ったとき、蒼介がいたわるような表情になった。

「香月さんは本気で……波田中さんのことを」

蒼介の言葉に美渚の驚いた声が被さる。

「あ、今！」

「え？」

蒼介が怪訝そうに美渚を見た。

「初めて私のことを〝あんた〟じゃなくて名字で呼んでくれましたね！」

「そう……だっけ？」

「はい！　ちゃんとした販売員だって認めてくれたってことですか？」

「ちゃんとした販売員だってことは、初日から認めてるよ」

「え～、ホントですかぁ？」

美渚が疑わしげに言い、蒼介がうなずく。

「ホントだよ。突然辞めた契約社員の穴埋めとして急遽異動してくる販売員だから、正直、あまり期待はしてなかったんだ。でも、あんたの接客は前の契約社員とは比較に――」

「あー、また〝あんた〟って言った！」

美渚が声を上げ、蒼介が苦笑する。

「俺が珍しく褒めてるっていうのに、あんたってやつは……」

蒼介に呆れたように言われて、美渚は肩をすくめた。

「すみません。実は恥ずかしいんです。褒められるなんてあまりないから」

「そうなの？」

「はい。母にも心配されてて、しょっちゅう電話が掛かってくるんです」

美渚は言ってから、人差し指を立てて唇に当てた。

「あ、でも、〝しょっちゅう〟ってことは波田中さんには内緒にしといてくださいね」

「どうして？」

蒼介に問われて、美渚は小さく舌を出した。

「これ以上幻滅されたくないんです。〝たまに〟ならまだしも〝しょっちゅう〟母から電話が掛かってくるなんて、恥ずかしくて知られたくないから」

「俺には知られてもいいのか？」

蒼介に不満げに問われ、美渚は「うーん」と考え込む。

「初対面であれだけ怒られたら、吉野さんの前ではもう自分を取り繕おうって気にならないんですよねー」

「なんだよ、それ」

「うーん、なんなんでしょうね」

男性と――それも鬼だと思った相手と――こんなふうに自然に話せるようになったことに、美渚自身も驚いていた。

美渚は腕時計を見た。あと十分で休憩時間が終わる。

「私、もう行きますね。ごちそうさまでした。来年の五月にはぜひさっきのレモンとマンゴーのタルトの企画を提出してくださいね！」

「わかったよ、ありがとう。それで、明日もタルトを作ってきていいかな？」

「ぜひお願いします。それじゃ、お先に」

美渚はそう言ってトートバッグを持って立ち上がり、ぺこりと頭を下げて食堂の出入り口に向かった。食堂の隣にある女子トイレでメイクを直しながらも、明日も蒼介のタルトを食べられるのだと思うと、自然と笑みが込み上げてくるのだった。

第八章　鬼パティシエに殺し文句

その日の夜、美渚はササミを茹でてたっぷりの野菜とともにサラダにして食べたあと、ベッドに寝転がって九時からの恋愛ドラマを見ていた。自他ともに認める才色兼備のアラサー独身女性が同窓会に出席し、未婚者が少数派であることを知って慣れない婚活に奮闘する、というコメディタッチのラブストーリーだ。

今回ヒロインは、婚活で出会った男性との初デートでデキる女性ぶりをアピールし、逆に引かれて振られてしまう。

「あんなにキレイでデキる女性でも、恋愛では苦労するのに、私みたいな恋愛初心者はいったいどうしたらいいんだろう……」

落ち込むヒロインを見ながらため息をついたとき、ローテーブルの上のスマホが着信音を鳴らした。

（わー、またお母さん？）

おそるおそるスマホに手を伸ばしたが、液晶画面に表示されているのは見覚えのない番号だった。

（誰だろ？）

美渚はいぶかりながら通話ボタンをタップし、スマホを耳に近づけた。

「もしもし」

『香月さん？　波田中です』

爽やかな声が聞こえてきて、美渚はベッドの上でピシッと正座をした。

「ホ、ホントに波田中さんなんですか？」

『そうです、ホントに波田中です』

電話の向こうで一樹が苦笑する気配があった。

「あ、すみません。本当にお電話をいただけるなんて思ってなくてびっくりして」

『電話するって言ったのに』

一樹の不満そうな声が返ってきた。

「ごめんなさい。あの、どういったご用件でしょう？」

『いや、ちょっと気になってね』

「気になって……？　私、月曜日の件ならもう大丈夫ですよ」

美渚が答えたあと、電話口にしばし沈黙が漂った。その件で電話を掛けてくれたんじゃなかったのかな、と美渚が思ったとき、一樹の声が聞こえてきた。

『今日さ、三十分休憩のとき、吉野さんと食堂にいたでしょ？』

「はい」

『あのあと……吉野さん、なにか言ってなかった？』

「なにかって……？」

『いや、俺のこと……とか』

　一樹の言葉を聞いて、美渚は考え込んだ。話題は確かに彼に関係することだったが、具体的な話の対象は美渚だった。

「いいえ……とくには」

『ホントに？』

　一樹の探るような声が聞こえてきて、美渚は彼には見えないのについうなずいた。

「はい。どちらかというと私の話をしていました」

『そうなんだ』

　一樹の声が明るくなった。

『じゃあ、俺は吉野さんに後れを取っちゃった？』

「後れ？」

『そう。吉野さんは俺より香月さんのことをたくさん知ってるのかなって』

「え？　そんなたいしたことは話してませんよ」

（『あんたに大人の付き合いができそうだとは思えないけどな』ってけなしておきながら、

『波田中さんにはもったいない』って慰めてくれただけだし)

　そう思ったとき、それだけではないことを思い出した。

(『ケーキを食べているときのあんたの笑顔を初めて見たとき、あんなふうに食べてもらえて幸せだなって嬉しくなったんだ。もっと笑顔になってもらえるようにがんばろうって、不思議と前向きな気持ちになった』って褒めてもくれたっけ……)

　吉野さんって笑ったら意外と笑顔がステキで、声も優しくなるんだよね、と思ったとき、一樹が言った。

『明後日の土曜日、時間あるかな?』

「明後日ですか?　早番ですが、そのあとはなにもありません」

『じゃあ、香月さんの仕事のあとの時間は俺が予約してもいいかな?』

　一樹の言葉を、美渚は首を傾げながら頭の中で咀嚼する。

(私の……仕事のあとの時間を……波田中さんが予約?)

『勤務は六時までだよね?』

　彼の言葉の意味がはっきりわからないうちに問われ、美渚はひとまず返事をする。

「そうです」

『それじゃ、六時四十五分にＪＲ神戸駅のバスターミナルの前で待ってて』

「あー、えっと」

『駅から少し歩いたところに雰囲気のいい創作和食レストランがあるから、連れて行ってあげたいんだ』

「あ、それはどうも……」

『会えるのを楽しみにしてる。それじゃ、おやすみ。いい夢を』

一樹がテキパキと話を進め、気づいたときには通話は終わっていた。美渚は手の中のスマホを見つめて、瞬きをする。

（これは……食事に誘われたってことだよね？）

どうやらそうらしい、と理解したとたん、信じられない思いが湧き上がってきた。

（美希姉さんには『二度と誘われないわ』って言われたのに、また誘われちゃった！　次こそはお酒を控えめにして、失礼のないようにしなくちゃ）

汚名返上して姉を驚かせてやろう、と美渚は固い決心をしたのだった。


金曜日は遅番で、美渚が三十分休憩に入ったのは五時半だった。

（うー、お腹空いたぁ）

食堂の自動販売機でレモンティーを買い、缶を持って窓際のテーブル席に着いた。プルタブを引いて開け、数口飲む。

（明日は波田中さんと二度目のディナーだぁ）

女性と食事をするのに慣れている、息を呑むくらいのイケメン営業マンとのディナー。

（そんな波田中さんと二人きりで二度も一緒に食事ができるなんて、私にしたらすごい快挙だよね～）

美渚はアプリで美希にメッセージを送った。

『なんと明日もイケメン営業マンとディナーに行くことになりましたぁ！』

すぐに美希から返信がある。

『ええっ！　ホントに⁉』

驚愕顔のスタンプ付きのメッセージだ。美渚は得意になって返信する。

『いいでしょ～』

『二度はないと思ってたのに』

姉の返事に美渚は苦笑した。

『それがあるんです～』

『今度こそキスぐらいしなさいよ』

美希からのメッセージを読んで、美渚の頬にカーッと血が上った。

『なんでいきなり⁉』

『いきなりじゃないわよ。営業社員だからって、男がただ話を聞くためだけに女をディナーに誘うわけないでしょっ。どれだけ恋愛経験値低いのよ』

『ゼロって言ったのは美希姉さんでしょ』

『そうだけど。ま、脱・恋愛初心者できそうでよかったわね～』

（脱・恋愛初心者⁉　なんていい響き！）

姉のメッセージを読んでニヤニヤしていたら、食堂の出入り口から蒼介が入ってきた。

美渚を見つけて、共用冷蔵庫から白いケーキボックスを取り出し、テーブルに近づいてくる。

「お疲れ。ケーキを食べてるわけじゃないのに、すごく嬉しそうだな。なにかいいことあった？」

蒼介が前の席に腰を下ろしながら言った。

（脱・恋愛初心者できそうです、なんて言えるわけないよねっ）

美渚が含み笑いするのを見て、蒼介は思い直したのか、彼女を制するように左手を小さく挙げた。

「やっぱり答えなくていい」

蒼介の態度に美渚は唇を尖らせる。

「どうしてですか。どんないいことがあったのかぐらい、訊いてくれたっていいじゃないですか」

「訊きたくない。あんたがそんな顔をする理由は想像がつく。どうせ波田中さん絡みだろ」

蒼介が不機嫌そうに首を振ったのを見て、美渚の笑みが引っ込んだ。

「前も思ったんですけど……吉野さんは波田中さんとあまり仲がよくないんですか？」

「俺は仕事に私情は持ち込まない」

蒼介がぶっきらぼうに言った。

「でも、波田中さんは私の失敗を気遣ってくれて――」

優しい人なんですよ、と美渚が言うより早く、蒼介がテーブルの上のケーキボックスを美渚の前に押しやった。

「仕事だぞ、味見係」

「あ、はい」

美渚は蒼介の態度が気になりつつも、一樹の話題を終わらせることにした。

「今日はなんのケーキですか？」

「この冬の新作として企画予定の〝マスカルポーネとリンゴのタルト〟」

「わあ」

ラ・トゥール主任パティシエの未発表の新作に、美渚の胸が高鳴った。ケーキボックスを開けると、昨日と同じ手のひらサイズのタルトが現れた。マスカルポーネクリームを覆うように、薄く櫛切りされたリンゴが少しずつずらして飾られている。リンゴの皮の紅色が鮮やかで美しい。

「見た目もキレイですね～」

美渚は弾んだ声で言って、トートバッグからマイ・プレートを取り出し、その上にタルトを置いた。おもむろに手を合わせる。

「いただきます」

マイ・フォークを手に取り、タルトを小さく切って口に運んだ。バターでソテーされた蜂蜜色のリンゴは、ところどころに散らされたカラメルがけされたクルミ、マスカルポーネクリームと相性抜群だ。

「言葉もありません……」

美渚はほうっとため息をついた。蒼介が一度瞬きをする。

「いや、味見係なんだから、ちゃんと言葉で感想を言ってもらわないと」

「だから、言葉で表せないくらいおいしいってことです」

美渚は夢見るような表情で、もう一口食べた。

「リンゴのタルトってよくありますけど、カラメルがけされたクルミとシナモンがいいですね。すごく合うと思います。この味大好き」

「そんなにうまいかなぁ」

「おいしいですよ。味見しなかったんですか？」

「したよ。でも、あんたみたいな笑顔になったりしなかったと思う」

う。

「それはおかしいですね」

美渚は言って、フォークにタルトをのせて蒼介の方に差し出した。

「食べてみてください。きっと笑顔になれますよ」

蒼介が戸惑ったようにタルトから美渚に視線を移した。美渚は訳知り顔でうなずいて言う。

「おいしいものを食べて私が笑顔になるんじゃなくて、おいしいものが私を笑顔にしてくれるんです」

美渚がフォークを近づけたので、蒼介が小さく唇を開いた。その唇の間に美渚はフォークを差し入れた。彼が視線をそらして唇をつぐむ。美渚はフォークを抜き取って、彼が味わうのを見守った。やがて蒼介が手で口を覆いながらぼそっと言う。

「こういうの……ありなのかよ」

「いろいろ初心者って言ってたくせに」という蒼介の言葉と、美渚の「ありですよ」という言葉が重なった。

「なんですか?」

美渚は蒼介の言葉を聞き直したが、彼は首を振った。

「なんでもない。あんたこそ、『あり』ってなにがありなんだ?」

「リンゴとシナモンとクルミの組み合わせのことです」

美渚はにっこり笑った。蒼介は苦笑して美渚の手からフォークを抜き取る。

「そうだな。ありだな」

そう言って、残っていたタルトをフォークですくい上げた。

「えー、吉野さんが食べちゃうんですか？」

美渚が不満の声を上げ、蒼介は笑ってフォークを美渚の口元に寄せた。

「いいや。こういうのもありだろうと思ってね。ほら」

「え」

「さっきのお返し」

「お返し？　お礼じゃなくて？」

「そう」

蒼介に言われて、美渚はおずおずと唇を開いた。タルトののったフォークが差し込まれ、彼が目を伏せて美渚の唇を見ている。その眼差しに熱いものを感じて、美渚の鼓動が高くなった。舌の上にタルトが落とされ、目を上げた彼と視線が絡まる。

男性に〝あーん〟なんてされたのは初めてだ。おまけに蒼介が左手で頬杖をついてまっすぐ見つめてくるので、美渚の鼓動が息苦しいくらいに速くなる。

「好きなんだけどな」

彼がぼそっとつぶやいて、頬杖をついていた手で口元を覆った。

（そんなにこのタルト、食べたかったんだ）

「ごめんなさい」

美渚の言葉に、蒼介が横を向いて低い声で言う。

「わかってるよ」

「そうですよね。今日のは私の味見用ですもんね。今度からは吉野さんも一緒に食べられるよう、二個持ってきてくださいね！」

蒼介が美渚の方に顔を向けた。彼が目を見開いてじっと見つめるので、美渚はなにかおかしなことを言ってしまったのだろうか、と瞬きをした。

「あの、このタルト、お好きなんですよね？」

美渚の言葉を聞いて、蒼介がふっと笑みをこぼした。

「そう……だな。好きだよ、大好きだ」

「私も好きですよ。この冬の神戸店のオリジナル商品として、絶対企画部に企画書を出してくださいね！」

「ああ、そうする。ありがとう」

蒼介が言って、両肘をついて手で額を押さえた。彼が腕の向こうでかすかに笑みを浮かべていることに美渚は気づいた。今にも消えてしまいそうな淡い笑みだ。

（企画が通らないって思ってるのかな……？）

美渚が心配そうに見つめているのに気づいて、蒼介が顔を上げた。

「そんな顔、するなよな」

蒼介が言って右手を伸ばし、美渚の額を軽く小突いた。その親しげなしぐさと彼のもどかしげな笑みに、胸がキュウウッと締めつけられる。

「だって、吉野さんが悲しそうに笑うから……」

「あんたが笑ってくれれば、俺も笑えるよ」

「ホントですか？」

「ああ」

美渚がニーッと口角を引き上げて大きな笑顔を作ってみせると、蒼介が吹き出した。

「それはわざとらしいな」

「誰のせいですか！」

美渚が頬を膨らませたのを見て、蒼介が笑みを大きくした。その笑顔に、不思議と美渚の気持ちが和む。

（吉野さんの笑顔って……やっぱりいいな）

その気持ちを美渚は言葉にして伝える。

「吉野さんが笑ってくれたら、私も笑えますよ」

「すっげー殺し文句」

蒼介が言ってクスクス笑い出した。美渚はきょとんとして蒼介を見ていたが、彼があんまり楽しそうに笑うので、つられて笑い出した。

（こんなにいい笑顔をするのに、いつもはマスクで隠れてるのがもったいないなぁ）

美渚は心からそう思った。

第九章　イケメン営業マンの独占欲

翌日、一樹と二度目のディナーの日。今日こそは彼と並んでもおかしくないような大人っぽい服装で行こうと、大学時代に買ったカシュクールのグレーのワンピースを着て出勤した。仕事のあと、淡水パールのネックレスをプラスして、メイクを丁寧に直し、夜の照明に映えるよう口紅を濃い色に塗り替える。ワンピースに合うようにとブラックのショート丈のジャケットを羽織ったが、従業員通用口から外に出ると肌寒く感じた。

（ストールを持ってくればよかったな……）

後悔先に立たずで、当然取りに戻る時間も買いに行く時間もない。諦めてＪＲ元町駅から普通電車に乗った。一駅先の神戸駅で下り、待ち合わせ場所のバスターミナルに着いたのは、約束の六時四十五分ちょうどだった。

（波田中さんは……まだかな？）

駅の出口付近に一樹の姿はなく、美渚はバスターミナルをぐるりと一周した。八角形状のターミナルには停留所が八つあり、帰宅者の多い時間帯のため、バスが多く停車している。駅から離れたバス停にもバスを待つ人が何人も立っていたが、一樹はいなかった。

（もうすぐ来るかな）

美渚はターミナルの手前にある花壇のそばで待つことにした。冷たい風が足元を吹き抜け、ストッキングの脚に鳥肌が立つ。

（ブーツにすればよかったかなぁ。でも、このワンピには絶対パンプスの方が合うはずだし……）

ファッション誌を参考にコーディネートしてみたが、彼と釣り合って見えるだろうか、ということだけが心配だ。

（それにしても寒い……）

美渚は腕時計をチラッと見た。時刻はすでに七時を回っている。寒さに耐えかねてもう一度バスターミナルを一周したが、やはり一樹の姿はなかった。

時刻を見たら七時十五分になっていた。なにかあったのだろうか、と心配になって、ハンドバッグからスマホを取り出し、着信履歴から一樹の番号を表示させた。いざ掛けようとして、指を止める。今急いで来てくれている途中だったら、催促したみたいで申し訳ない。そう思ってスマホをバッグに戻した。

（大丈夫。『会えるのを楽しみにしてる』って言ってくれてたし、大人しく待っていよう）

だが、暗くなって人通りも少なくなると、心細くなってきた。気温も一段と下がって、じっと立っていると寒さに体が震えてしまう。吸い込んだ空気が冷たくて、鼻がむずむずし、顔をしかめたり唇を尖らせたりしてどうにかこらえようとしたが……。

「ぶはぁっくしょん！」

こらえきれず、思った以上に派手なくしゃみが出て、恥ずかしくなって首を縮めた。

（知ってる人はいないよね）

顔を伏せて上目遣いで辺りを見回したとき、駅の出口から見覚えのある男性が出てきて、美渚はとっさに視線をそらした。だが、相手――蒼介――の方も美渚に気づいていて、苦笑しながら彼女に近づいてくる。

「誰かと思えば、香月さんか」

今日の彼はカーキのジャケットと細身のブラックパンツにサイドゴアブーツを合わせていて、ブラックのマフラーをさらりと巻いている。ほどよくカジュアルでスタイリッシュなコーディネートに、美渚はつい見とれてしまった。

（職場で見る白一色の吉野さんとは、いつ見てもギャップがあるんだよね……）

蒼介は普段の無愛想な表情を崩しておかしそうに笑いながら、美渚の前で足を止めた。彼のその表情に、美渚はよっぽど変なくしゃみをしてしまったのか、と恥ずかしさのあまり頬が熱くなった。

「待ち合わせ？」

蒼介に訊かれて、美渚は頬を染めたままうなずく。

いる。

「寒そうだけど、ずいぶん前から待ってたの？」

美渚は視線を落とした。ジャケットの袖口から覗いた腕時計は、七時三十五分を指している。

「はい」

「そんなこと……ない……こともないいんですけど」

美渚の返答を聞いて、蒼介が心配顔になった。

「俺、一つ向こうの通りに新しくできたパティスリーに行くつもりなんだけど、イートインもできるんだ。一緒に来ない？　駅の出口は見えないけど、ここから近いし、寒い中待たなくてすむ」

蒼介に誘われて美渚は迷うように視線を動かした。

（今すぐにでも、波田中さんがやってくるかもしれない。もし私がここにいなくて、待ちくたびれて帰ったんだって思われたら……）

美渚は心配になって駅の出口を見た。ビジネスマン風の男性が数人出てきたが、一樹の姿はない。

蒼介が美渚の視線を追って、出口の方を見た。

「相手、すぐ来そうなの？」

「――だといいんですけど」

美渚は心細くなって頼りなげに笑った。蒼介は小さく息を吐いて、巻いていたマフラーを外し、美渚の首にふわりと掛けた。

「貸してやるよ」

「でも、吉野さんが……」

手触りの柔らかなマフラーはホッとする温かさだが、彼が寒くなってしまう。美渚が遠慮するように見返したので、蒼介が彼女の首にマフラーをぐるりと巻いた。

「大人しく巻いとけ。こんな寒い中待って、風邪引かれて店のみんなにうつされたら困るからな」

「吉野さんは寒くないんですか？」

美渚がおずおず問うと、蒼介がふっと微笑んだ。

「俺はいいんだ。これから空調の効いたパティスリーに行くから」

「ありがとうございます」

美渚はマフラーに顎をうずめた。蒼介が腰に片手を当てて言う。

「で、あんたはいつからここで待ってるんだ？」

「六時……四十五分です」

美渚の返事を聞いて、蒼介が大きく目を見張った。

「マジか。もう一時間近く経つじゃないか。電話かメールか、連絡は取ったんだろうな？」

美渚が首を横に振り、蒼介が呆れたようにため息をついた。美渚はあわてて言う。

「で、でも……もうすぐ来てくれると思うんです」

「あんた、バカだろ」

「バカなんてひどい」

美渚は頬を膨らませて蒼介を見上げた。彼が小さく首を横に振る。

「バカがつくくらいお人好しだって意味だよ。いいか、あと十分して相手が来なかったら帰れ」

「たった十分でですか？」

「一時間待てば充分だ」

蒼介はそう言って、声を潜めて続ける。

「俺ならこんな寒い中、あんたを待たせたりしない」

すぐ目の前で、彼に気遣わしげに見つめられ、美渚の心臓がドキンと大きな音を立てた。

（そんなふうに見つめられたら……私のことを本気で心配してくれてるんだって思っちゃうよ……）

まっすぐに視線を注がれて胸が苦しくなり、目をそらした。蒼介が彼女の耳元に唇を近づける。

「あと十分だ。わかったな？」

有無を言わせぬ強い調子で言われて、美渚は小さな声で「はい」と答えた。

「じゃあ、俺はもう行くから」

蒼介は言って立ち去りかけたが、ふと足を止めた。そうしてポケットから革製のブラウンの名刺入れを取り出し、一枚抜いた。美渚の右手を取って手のひらに名刺をのせる。

「相手が来なくて……寒くて体調が悪くなったりしたら、俺に連絡しろ。迎えに来てやる」

彼の声はぶっきらぼうなのに優しく響き、美渚の口元が知らず知らず緩んだ。

「吉野さんもお人好しなんですね」

「こんな冷たい手になってまで待っているあんたに言われたくない」

蒼介が温かな手で美渚の両手を握った。温もりを分け与えるように大きな手で包み込む。

「ああ、もう」

蒼介がもどかしそうな声を出し、美渚の両手を自分の頬に押し当てた。彼の張りのある頬と大きな手のひらに挟まれて、美渚の頬にカーッと血が上った。

「少しは温かくなったな」

蒼介が言って頬から美渚の手を外し、一度キュッと握ってから離した。

「それじゃあな」

「ありがとうございます」

蒼介がうなずき、背中を向けて歩き出した。美渚は彼の姿が角を曲がって見えなくなるまで見送った。

（吉野さんって……あったかい）

マフラーにそっと触れ、ほんわかした気持ちで息を吐いた。もらった名刺をハンドバッグの中の名刺入れにしまい、駅の出口に向き直る。するとそのとき、ちょうど一樹が出てくるのが見えた。ダークグレーのチェスターコートの下に、白いシャツとブラックの細身のパンツを着ている。彼が美渚を見つけて歩調を速めた。

「待っててくれてたんだ」

美渚の前で足を止め、驚きのにじむ口調で言った。

「あ、はい。でも、そろそろ連絡してみようかなって思ってたんです」

「ごめん、ちょっと仕事関係でトラブルがあって」

一樹が美渚から視線をそらし、右手で前髪を整えるしぐさをした。

「休日だったのに出勤されたんですか？」

「あー、うん、まあ」

一樹の歯切れが悪く、トラブルが片付いていないのでは、と美渚は心配になった。

「あの、もし大丈夫じゃないんでしたら、私は今日じゃなくても……」

「ああ、もう大丈夫。いいよ、行こう」

一樹が言って促すように歩き始めた。ほんの数分前に蒼介が歩いて行った方向だ。美渚は歩いて一樹に並んだ。

「さっき偶然、吉野さんに会ったんですよ。びっくりしました。新しいパティスリーの偵察に来たみたいですよ」

美渚が言うと、一樹が横目で彼女を見た。

「俺と待ち合わせだって言った？」

「いいえ」

「俺たち、同じ会社に所属してるし、二人きりで出かけていろいろ噂されたら面倒だから、俺と出かけたことはみんなには内緒にしてくれるかな」

一樹が前を向いたまま言った。

「わかりました」

美渚は答えながら隣を歩く一樹を見た。前回とは打って変わって、疲労感のようなものを漂わせている。

（トラブルって……なにか深刻なものだったのかな……？）

一樹はあくびをしかけたが、口を閉じてごまかすように手を口元に当てた。

（それなのに……来てくれたんだ）

彼のような人が私なんかのためにわざわざ、と思うと、美渚はなんだか申し訳ない気持ちになってきた。

そのまま阪神電鉄の方向に歩き、南北朝時代の武将、楠木正成公を祀る湊川（みなとがわ）神社が見えてきたところで左に折れた。道路沿いに進み、淡いオレンジ色の煉瓦壁のビルが見えてくる。その一階にあるダークブラウンのシックな店構えのレストランの前で、一樹が足を止めた。

「ここ」

言って美渚のためにドアを開けた。

「ありがとうございます」

中に入ると短い通路があり、突き当たりがレジカウンターになっている。

「いらっしゃいませ。何名様ですか？」

白いシャツにブラックのベストとスラックスという格好の男性店員が、声をかけた。一樹が答える。

「二名です」

「二名様、こちらへどうぞ」

店員が先に立って、控えめな照明の通路を歩き始めた。通路は石敷きで、壁は深みのあるダークブラウンなのが、落ち着いた雰囲気だ。

「こちらへどうぞ」

店員が壁の一部を横に引いて開けた。驚いたことに、長々と続く壁のように見えたところは、すべて個室になっていた。店員がドアを閉め、美渚は一樹に促されて奥の席に着いた。マフラーとジャケットを脱いで、隣の椅子の上にそっと置く。

「外から見ただけじゃ、こんな造りになっているなんてわかりませんでした。波田中さんっていろんなお店をご存じなんですね」

「まあね。いろいろと付き合いがあるから」

(そうだよね、営業職って大変なんだろうなぁ。今日だって休日なのに呼び出されるくらいだもん)

美渚は前の席に一樹がゆっくりと腰を下ろすのを見ていた。彼は気だるげにテーブルに右肘をついて頬を支えながら、メニューを見る。

「香月さんにリクエストがないなら、〝季節のペアコース〟でいい?」

一樹に問われて、美渚は目の前のメニューを覗き込んだ。前菜から始まるそのコースには、〝茶碗蒸し〟や〝鰤(ぶり)と大根と冬野菜の煮物〟といった料理名が並んでいる。

「おいしそうですね」

「じゃ、決定」

絶妙のタイミングでドアがノックされて「失礼します」と声がした。ドアを静かに開けて男性店員が入ってくる。

「ご注文をおうかがいします」

「季節のペアコースを。それから俺は日本酒も」

一樹は美渚の知らない銘柄を店員に伝えてから、美渚を見た。

「香月さんは？」

「あ、えっと」

美渚はあわててメニューを見た。

（今日はアルコールは控えめにしようと思ってたから……）

ドリンクのメニューをざっと見て日本酒を使ったカクテルを見つけ、アルコール度数の低そうなものを注文する。

「じゃあ、この……〝カシス娘〟をお願いします」

「かしこまりました」

店員がメニューを持って下がっていった。一樹が頬杖をついたまま、左手の人差し指でテーブルをコツコツと叩いているのを見て、美渚は一生懸命話題を探す。

「は、波田中さんは……休日はいつもどんなふうに過ごすんですか？」

「休日？」

一樹がゆっくりと美渚を見た。その目は眠たそうにトロンとしている。

「はい。今日は……ゆっくりできなかったと思いますが」

「ああ、うん。まあ……だいたい出かけてるかな」

「アクティブなんですね」

「かもね」

一樹の言葉が短くて、美渚は心配になる。

(あまりしゃべりたくないのかな……?)

それなら黙っていようと、じっと座って今日の仕事を思い返したりしているうちに、ドリンクと前菜が運ばれてきた。

「前菜の三種盛りでございます。左から〝ひじきとしいたけの白和え〟、〝生麩の田楽〟、〝イチジクの生ハム巻き〟でございます」

黒い陶器の丸皿に、三品が形よく盛られている。

「食べようか」

一樹が言って日本酒のグラスを取り上げた。脚のないワイングラスのような大吟醸専用のおしゃれなグラスだ。美渚の方は一般的なカクテルグラスで、カクテルは白っぽいピンク色をしている。

「お疲れ様」

一樹が言ってグラスを持ち上げたので、美渚も軽く掲げて乾杯をした。一口含んだカシス娘は、日本酒とカシス・リキュール、カルピスで作られたカクテルで、甘いのにカシスの酸味でさっぱりしている。日本酒の風味は後味としてわずかに感じられる程度で、日本酒に慣れていない美渚にも飲みやすかった。

一樹が黙って前菜を食べているので、美渚も静かに食事をする。

ほどなくして〝刺身の盛り合わせ〟、〝鰤と大根と冬野菜の煮物〟、〝豚ロースの柚子味噌焼き〟が順番に運ばれてきた。

美渚は思いきって「おいしいですね」と声をかけたが、一樹は「うん」と短く答えたきり、黙々と食べている。

(えーん、なんか気まずいよぅ……)

場を和ませるような会話が思いつかず、とりあえず思いついた話題を口にした。

「ええと……今日は高柳さんもお休みでしたね」

「そうだね」

一樹がそれだけ言って料理を口に運び、テーブルに沈黙が落ちる。

「あ、えっと、吉野さんは新しくできたパティスリーに行くところだって言ってましたけど、仕事のあとで来たんですよね、きっと。夜にケーキを食べるんでしょうか」

「さあ」

「ラ・トゥール神戸店のオリジナルケーキって、とてもキレイで繊細な味だなって思ってたんですけど、主任パティシエが吉野さんだったので驚いちゃいました。なんていうか……人は見かけによらないっていうか。あ、でも、悪い意味じゃないんですよ。吉野さんと何度かお話しして、初対面のときのイメージとは違うなって思ったんです」

美渚が言葉を切ったとき、一樹が箸を止めて言った。

「なんで吉野さんの話ばかりしてるの？」

「あ、すみません」

美渚はあわてて口をつぐんだ。

（ホント、波田中さんと食事をしてるのに……。えっと、波田中さんのこと……波田中さんのこと……）

一生懸命思い出そうとしたが、彼のことはほとんど知らないことに気づいた。

「えっと、波田中さんは……どうして今の仕事を選んだんですか？」

「今の仕事？」

一樹がグラスを手に取りながら言った。

「はい。ラ・トゥールの営業職です。営業って大変そうなイメージじゃないですか」

「そうかな。俺は人と接するのが苦じゃないから。営業っていろんな人に出会えそうでいいなって思ったんだ」

「あ、そうですよね、波田中さんって誰とでもすぐ仲良くなれそうですもんね」

美渚の言葉に一樹が小さく笑った。今日初めて彼の笑った顔を見た気がして、美渚は少し気持ちが軽くなった。

「就職活動のとき、いくつか営業職を受けてね。内定をもらえたのがラ・トゥールと知育玩具のメーカーだったんだ。俺は知育玩具って柄じゃないし、ラ・トゥールを選んだ」

「ケーキが好きだったとかじゃないんですか？」

美渚の問いかけに、一樹が小さく鼻を鳴らした。

「あんなキラキラしたもの、俺は付き合いでしか食べない。仕事だから食べるし売り込んでるだけだよ」

一樹の言葉に、美渚は心がすうっと冷えたような気がした。

(私は……ラ・トゥールのケーキが好きだから入社したんだけど……波田中さんは違ったんだ)

美渚と彼との間には、ケーキに対する思いに大きな温度差があった。ケーキの話ができないとなると話題が尽きてしまい、美渚は黙って箸を進めた。

最後にデザートの〝焼きリンゴのバニラアイス添え〟をコーヒーとともに食べて、店を出た。ほどよく暖かかった店内から出ると、外が寒く感じ、美渚はマフラーに首をうずめた。そんな美渚を見て一樹が歩きながら問う。

「そのマフラーって男物に見えるんだけど、香月さんの？」

美渚はマフラーを軽く押さえながら答える。

「いいえ。波田中さんを待っているときに、偶然、吉野さんと会ったって話をしましたよね?」

「ああ」

「あのとき吉野さんが寒そうだからって貸してくれたんです」

美渚の言葉に、一樹の表情が瞬時に険しくなった。

「あいつ……俺にはすごく無愛想でいつもむっつりしてるくせに、香月さんには優しいんだな」

美渚は一樹の表情の変化に驚きつつも、蒼介がマフラーを貸してくれたときの話をする。

「でも、せっかく優しいなって思ったのに、次の瞬間『風邪引かれて店のみんなにうつされたら困るからな』なんて言われちゃったんです」

一樹が足を止め、美渚もつられて立ち止まった。

「香月さんは……」

そう言って一樹が口をつぐみ、美渚に一歩近づいた。美渚は反射的に一歩下がったが、背中がビルの外壁に当たって、それ以上動けなくなった。一樹が美渚を囲うように顔の両側に両手をつく。

「美渚は、男の気持ちを全然わかってないな。今の美渚を見て、俺がどんな気持ちになったと思う?」

一樹に壁際に追い詰められ、初めて名前で呼ばれて、美渚の心臓が不規則に波打った。

「あのっ」

「今日は俺の部屋に行こう」

「は、波田中さんの部屋!?」

なにがどうなってそうなったのか。驚く美渚の手を一樹が取って、ずんずん歩き出した。

彼のペースについていけず、美渚は小走りになる。

「波田中さん、待って。あの、私、もう帰ります」

「ダメだ。絶対に帰さない」

美渚は手を振りほどこうとしたが、一樹の手は痛いくらい強く美渚の手を握っている。

「波田中さんっ」

美渚の戸惑いの声に応えず、一樹は大きな病院の手前の角を曲がった。その先にいくつかマンションが見える。

（こ、この展開って……!?）

さすがの美渚も、もしかして、という気持ちが強くなり、不安が込み上げてきた。

「か、帰さないって……しょ、食事をするだけだったんじゃ」

「なに言ってんの。美渚だってホントは期待してたんだろ？」

「き、期待!?」

「大丈夫、美渚の期待は裏切らないから」

彼に引きずられるようにして歩きながらも、美渚は必死で言葉を紡ぐ。

「や、待って。波田中さん、お疲れなんですよね、だから」

「そう。疲れてた。正直言うと、今日はもういいやって思ってたんだ」

一樹が煉瓦壁のマンションの前で足を止めた。美渚の腰に左手を回して彼女を引き寄せ、右手でキーをオートロックパネルにかざした。ドアが開くやいなや、美渚をマンションに引き入れる。

「でも、こうなったのは美渚のせいなんだよ」

彼が言いながらエレベーターのボタンを押した。

「ど、どうして私のせいなんですか⁉」

「美渚が吉野さんの話ばかりするからだ」

そう言った彼の目は肉食獣さながら獰猛な光を宿していて、美渚は足がすくんでしまった。体に思うように力が入らず、開いたエレベーターの中へ押し込まれた。一樹が二階のボタンを押す。

「わかる？　全部美渚のせいなんだ」

美渚の腰に回された一樹の手がゆっくりと上下し、美渚は背筋がぞくっとして彼の胸に両手を押し当てた。

「美渚が俺の独占欲をかき立てたんだ」

美渚を逃がすまいとするように、一樹の腕に力がこもった。開いたドアから、彼に抱えられるようにして降ろされ、全身に不安が広がっていく。足を踏ん張ろうとしても力が入らない。一樹が片手で美渚を抱いたまま、エレベーターの斜め前にある部屋の前で足を止めた。

「あの、波田中さん、私、ホントに帰ります。帰りたいです」

美渚が震える声を発した横で、一樹が鍵穴に鍵を差し込んで回し、ドアを大きく開けた。

「帰さないって言ったよ」

一樹に部屋に押し込まれたかと思うと強く抱きしめられ、恐怖が冷気となって全身を襲う。

「私、こういうの、慣れてなくて。だから」

無理です、と断りの言葉を述べようとした唇を、一樹の唇にふさがれた。

(こ、これって……キス)

驚愕して見開いたままの瞳にぼんやりと一樹の顔が映るが、近すぎて表情はわからない。

背中にあった彼の手が下へと滑り降り、お尻の丸みをなぞられた。ビクッとして仰け反ろうとしたところをそのまま床の上にゆっくりと押し倒される。

「あっ」

靴も脱がず、上着を着たまま、手を冷たい床に押しつけられ、弾みでハンドバッグが床を滑った。彼に組み敷かれ、貪るように唇を奪われる。

「はた……な……」

わずかなキスの合間に言葉を発しようとしたが、彼のキスは熱を帯びるばかりだ。息を継ごうとする唇の隙間から彼の舌が差し込まれ、口内を荒々しく蹂躙(じゅうりん)される。

「や……」

なんの心構えもできておらず、焦りと後悔だけが込み上げてくる。まさか自分のように冴えない女性に、彼のような男性が食事の相手をする以上のことを望んでいたなんて考えもしなかった。姉から恋愛経験値がゼロだと言われた理由が今になってわかった。どうにか彼を押しのけて逃げ出そうと思うが、体は自分のものではないみたいに力が入らず、いうことをきかない。

一樹が体を浮かせて美渚からマフラーをはぎ取り、床に投げ捨てた。美渚のジャケットの前を大きく広げ、背中の下に手を入れてファスナーに手をかける。

「待って……ください」

美渚はかすれた声で訴えたが、一樹は片方の口角を引き上げて不敵な笑みを浮かべた。

「イヤだね。これ以上お預けなんて許さない」

一樹が美渚の背中を持ち上げようとしたとき、彼のコートのポケットでスマホがブルブルと震え始めた。一樹が鬱陶(うっとう)しそうに舌打ちをして、美渚の太ももに跨(また)がったままコートを

脱ぎ捨てた。

「美渚」

彼がもう一度美渚の背中の下に手を入れようとする。その間も、コートの中でスマホが振動を続け、耳障りな音を立てている。

「あの、相手の方……急用なんじゃ」

美渚の言葉を一樹は無視したが、スマホはまだ震え続けている。

「波田中さん、出てください」

美渚は一樹がやめてくれるのではと一縷の望みをかけて言葉を紡いだ。一樹が顔をしかめて体を起こし、手を伸ばしてコートのポケットをまさぐった。スマホを取り出し、画面を見てため息をつく。

「たいした相手じゃない」

彼がスマホを操作して着信音を止める隙を逃さず、美渚は肘をついて上体を起こし、彼の下から抜け出そうと座ったまま後ずさった。

「美渚っ」

一樹がスマホを持ったまま両手で美渚の肩を押さえ、美渚はとっさに体をねじった。その拍子にスマホが彼の手から落ちて床の上を転がり、再び着信を受けて、美渚のすぐ前の床で振動しながらゆっくりと回転する。

「あ」

美渚はスマホの画面を見てハッとした。着信の相手は〝高柳有華〟になっている。

「高柳さんからですよっ」

美渚の声を聞いて、一樹がスマホをサッと取り上げた。

「今電話があったからって高柳さんと特別な関係ってわけじゃないから」

一樹が言ってスマホの電源を切ろうとするので、美渚はあわてて彼の手を押さえた。

「ダメです！　こんな時間に電話してくるなんて、よっぽどのことです！　なにかあったのかも！　出てあげてください！」

「俺は今、美渚と過ごしたいんだ」

一樹が言ったが、美渚は首を振り、必死で畳みかける。

「高柳さんは同僚です。彼女が困ってるかもしれないのに、見過ごすなんてできませんっ」

「本気で言ってんの？」

「本気です！」

美渚が強い口調で言い、一樹がいら立たしげなため息をついた。

「わかったよ」

一樹が立ち上がり、通話ボタンをタップしながらドアから外に出た。美渚はジャケットの前を合わせて、フーッと息を吐き出した。どっと安堵が押し寄せてきて、気が抜けてしまいそうだ。

（でも、帰るなら今しかない！）

美渚は落ちていたハンドバッグを腕にかけ、まだ震えている脚に力を入れて、ゆっくりと立ち上がった。ドアに近づいたせいで、彼の会話が漏れ聞こえてくる。

「おい、待てって……もう充分だろ？　今日はもう無理だって……」

美渚は電話の邪魔にならないように、そっとドアを開けた。一樹が気づいて、スマホの通話口を指でふさいだ。

「待て、美渚」

「高柳さんは大丈夫ですか？」

美渚は心配して訊いたが、彼はビクッと肩を震わせた。

「いや、ああ、うん」

「来る前にもなにかあったんですよね？　もしかして、トラブルって高柳さんに関係してたんですか？」

「や、まぁ」

「解決してなかったんですね？　対応が……不充分だったとか……？」

「いや……俺は充分ヤったつもりだったんだけど……」

一樹が口の中でブツブツと言った。

「まだ足りなかったんですね？　行ってあげください」

「待てよ、美渚はそれでいいの？　美渚が〝行かないで〟って言うなら、俺は行かないよ」

一樹が強い口調で言って美渚を見た。

「そんなこと……高柳さんが困ってるのに言えません」

美渚が視線を落とし、一樹はがしがしと髪の毛を掻き回した。

「ああ、もう。わかった、ちくしょう」

帰してもらえそうだとわかって、美渚はホッとした。その隙に一樹が彼女の頬にチュッとキスをする。

「え」

「でも、次会うときは吉野さんのことは忘れて、俺のことだけ考えて」

「約束。それじゃ、ね」

一樹は言って部屋に入ったが、すぐにコートを取って出てきた。

「俺、急ぐから」

彼がドアに鍵をかけてあわただしく出て行った。美渚はホッとして廊下に座り込んだ。

エレベーターの『二階です。ドアが閉まります』という電子音声が聞こえてきて、彼が乗り込んだことがわかる。

（よかった……）

心底安堵すると同時に、そうしている自分に驚いた。ファーストキスはもっとドキドキして嬉しくて、優しい甘さと記憶を残すものだと思っていた。でも、なにも思う間もなく嵐のようにやってきて過ぎ去ってしまった。

（キスって……ホントはこんなものなの……？）

手の甲を唇に押し当て、ぐいっと拭ってゆっくりと立ち上がった。エレベーターに乗って一階に下り、マンションの外に出た。前方の道路に目を凝らしたが、一樹の姿は見えない。美渚は重い足取りで駅へ向かい、地下鉄に乗って家に帰った。

（いろんなことがありすぎて、脳がついていけないよ……）

もうくたくたでなにもする気になれなかった。それでも、シャワーだけは浴びよう、とハンドバッグをソファに置いた。クローゼットの扉を開け、扉裏の鏡を見ながらジャケットを脱ごうとして、ハッとした。蒼介に借りたマフラーがない！

「嘘っ」

青ざめて両手を口に当て、今までの記憶をたどる。

（レストランを出たときにはちゃんと巻いてたはず……。じゃあ、波田中さんのマンションに置いてきちゃったの⁉）

彼にマフラーを外されたことを思い出した。気が動転して、ハンドバッグだけを拾い上げて帰ってきてしまったのだ。

（どうしよう。波田中さんに返してもらわなくちゃ……）

でも、あんなことがあったあとで、どうすればいいのか。

美渚は憂鬱な気分でハンドバッグからスマホを取り出した。一樹の番号を表示させたが、操作しようとした指を止める。

（高柳さんのトラブル対処に行ってるはずだし……メールにしよう）

美渚は一樹の番号に、『今日はありがとうございました。吉野さんのマフラーを忘れて帰ってしまいました。ご都合のいいときに取りに行きますので、また連絡ください』とショートメールを送った。

第十章　口止めの見返りは甘いデート

翌朝になっても、一樹から連絡はなかった。

(よっぽど大変なトラブルだったのかな……)

美渚は八時になるのを待って、一樹の番号に電話を掛けた。だが、呼び出し音が鳴るだけで、応答はない。

(連絡できる状態になったら、電話かメールをくれるよね)

そう考えて、朝の忙しい時間帯にこれ以上連絡をするのはやめることにした。この日は遅番Aのシフトなので、美渚は十時過ぎに家を出た。十一時前に売り場に出ると、やはり日曜日の昼前らしくどこの店舗にも行列ができていた。美渚は厨房と洋生菓子のショーケースの間から、すばやく店舗に滑り込む。

「おはようございます」

小声で店長と亜紀、女性アルバイトに声をかけ、すぐに接客に加わった。

「大変お待たせいたしました。お次のお客様、おうかがいいたします」

美渚が声をかけると、列の先頭で待っていた六十代くらいの女性が近づいてきた。女性の注文を受けて、品物をケーキボックスに入れているとき、有華が「おはようございます」と売り場に入ってきた。眠そうな目をして、あくびを噛み殺している。

（高柳さんも大変だったんだぁ……）

美渚は心配になったが、すぐに笑顔を作ってケーキボックスの中が見えるように客に向けた。

「こちらでよろしいでしょうか？」

「ええと、はい、そうね。ちゃんと六個あるわね。ふふふ、孫がここのカスタードプリンが大好きでねぇ。会いに行くときはいつも買いに来るのよ」

女性客が孫の顔を思い浮かべているのか、目を細めて微笑みながら言った。

「ありがとうございます」

美渚も笑顔を返し、女性客の会計を済ませ、商品を渡して見送った。

一時頃になって客足が落ち着き、早番のメンバーが順番に昼食休憩をとる。店長が昼食休憩に入った二十分後の二時半に、美渚は亜紀に昼食休憩に入るよう言われた。

「香月さんも一番に行ってください」

「はい」

美渚は透明のトートバッグを持って売り場を出た。売り場に面した厨房の窓からチラッと覗いたが、蒼介の姿はない。

バックヤードに入って従業員用エレベーターで五階に上がった。ガラス戸を通って食堂に入り、窓際の席に蒼介の姿を見つけた。一人で座っていて、今日のランチメニューの鮭フライ定食を食べている。

美渚が近づくと、蒼介がフライを食べていた手を止めて美渚を見た。

「なに？」

冷めた表情で問われて、美渚はえっと驚いた。

（もっと気さくに話せるようになってたのに……）

私、なにかしただろうか、といぶかりながらも、昨日の礼を言うため口を開く。

「あの……昨日はマフラーをありがとうございました」

「別に。余計なお世話だったよな」

蒼介がぶっきらぼうに言って、鮭フライを口に入れた。

「そんなことありません。寒かったから、とても助かりました。でも、あの、実は今日……お返しできそうになくて……」

美渚が視線を落とすと、蒼介が箸を置いた。そうして背を椅子に預けて美渚を見上げる。

「開店前、波田中さんがわざわざ売り場に来て返してくれたよ」

「ええっ」

目を見開く美渚に蒼介が苦い口調で言う。

「『美渚が俺の部屋に忘れていったんだ』って言ってね」

(波田中さんがそんなことを⁉)

美渚は一樹の行動が理解できず、眉を寄せて悩んだ。

「波田中さんもついに誰かと堂々と付き合う気になったのかな」

蒼介に言われて、美渚はハッとした。

「ち、違いますっ。そんなんじゃありません。だって、私と波田中さんは……」

付き合ってるわけじゃありませんから、と言いかけて口をつぐんだ。

(好きとか付き合おうとか言われてないけど……キスしたってことは、私と波田中さんは恋人同士……なのかな？　じゃなきゃ、あんなコトしようとしない……か)

美渚が黙ったのを見て、蒼介が呆れた声で言う。

「みんなには内緒にしろって言われたのか」

美渚がうなずき、蒼介は大きなため息をついた。

「あんたはそれでいいわけ？」

「いいも悪いも、だって、波田中さんが……」

(『みんなには内緒にして』って言ってたのに……吉野さんには教えたってことは、波田中さんは吉野さんと友達なの？　そんな印象は全然なかったけど……)

美渚が腑(ふ)に落ちないまま考え込んでいると、蒼介が口を開く。

「わかったよ。あんたがみんなに秘密にしたいと言うなら、俺は誰にも言わない」

「ありがとう……ございます」

「でも、一つだけ条件がある」

「条件？」

美渚は上目遣いで蒼介を見た。蒼介は迷うように前髪をくしゃりと掻き上げたが、すぐに美渚を見た。

「あとで連絡するから携帯番号を教えて」

「あ、はい」

美渚はスマホを取り出し、蒼介と番号を交換した。今言えないような条件ってなんだろう、と不安になりかけたとき、蒼介が話題を変えた。

「あんた昼飯は？」

「今からです」

「買わないの？」

「あ、買います」

美渚が本日のランチメニューを買って蒼介のいたテーブル席を見ると、もう彼の姿はなかった。美渚は空いている席に着いてランチを食べようとしたが、スマホにメッセージが届いていることに気づいた。

（波田中さんかな？）

けれど、それは美希からのメッセージだった。

『昨日のデートはどうだった？』

『最悪』

美渚が返信すると、すぐに美希からメッセージが届いた。

『どういうこと？　イケメンのくせにキスもしなかったってこと？』

『した』

美渚の短いメッセージに、美希が即座に反応する。

『キスだけで終わっちゃったの？　脱・処女を焦る美渚にとっては、それって最悪よね』

『私、そんなの焦ってないもん！』

美渚の怒りのこもったメッセージに、ごめんと手を合わせたクマのスタンプ付きで返信がある。

『ごめん。言い方が悪かった。なにが最悪なの？』

『キス。あんなもののどこがいいの？』

『どこって……気持ちよくて頭がボーッとして体がカーって熱くならない？』

『気持ち悪かった』

『そっか、下手だったんだ。イケメンだけど経験が少ないか、イケメンで独りよがりかどっちかかな』

美希のメッセージを読んで美渚が波田中さんはどっちなんだろうと考えていると、また美希からメッセージが届いた。

『慣れるとよくなるかもよ。それに、キスは最悪でも、向こうがまた会いたいと思ってくれたなら、彼は美渚のことが本気で好きってことだし、会うだけ会いなさい』

『慣れるとよくなるの？　美希姉さんはそうだった？』

『正直、ファーストキスのときは無我夢中でよくわからなかった。でも、経験を積んでいくうちに余裕が出てくるの。相性とか、気持ちいいって感じるところとか、人によって違うこともわかってくるし』

（そういうものなんだ）

その気持ちを文字に打ち込もうとするより早く、姉からのメッセージが表示される。

『初めてだから不安かもしれないけど、先へ進みなよ。ここらでもらってくれる人にあげとかないと、あまり長く大事に取っといても、あとになればなるほど引かれるから』

その言葉の意味をぼんやりと理解しながら、『考えてみる』と返信して、スマホをトートバッグに戻した。


その日は帰宅しても、一樹の行動の意味と蒼介の条件のことが気になって、落ち着かなかった。オムライスを作って食べたあと、キッチンで食器を洗っていると、スマホの着信音が鳴り出した。

（吉野さんかな……？）

急いで手を拭いてスマホを取り上げる。案の定、画面には〝吉野蒼介〟とあり、美渚は通話ボタンをタップした。

「もしもし、香月です」

『吉野です。今、電話、大丈夫？』

「はい」

『昼休みに言ってた条件のことだけど』

「あ、はい」

美渚は昼食休憩のときに見た蒼介の不機嫌な顔を思い出して、ゴクンとつばを飲み込んだ。

『波田中さんとのことを黙っておく見返りとして、一日俺に付き合ってほしい』

「付き合うって……？」

美渚の怪訝そうな口調を聞き、蒼介が軽い調子で言う。

『あるパティスリーに一緒に行ってほしいだけだ。すごく並ぶ店らしいから、男一人じゃ行きづらいんだよ』

蒼介の言葉に美渚はホッとした。

「わかりました。なんていうパティスリーですか？」

『パティスリー・アールタキイ。知ってるかな』

店名を聞いて、美渚の声が明るくなる。

「もちろんです！　三田市にある超有名なところですよね？」

『そう。行ったことある？』

「ないんです。交通の不便なところにあるのに、平日でも行列ができてるって聞きました」

『そうなんだ。じゃあ、決定でいい？』

「はい！」

フォンダンショコラを落としたときだって、彼は『味見係』になってほしいと言っただけだった。無理難題を言う人ではないのだと美渚は改めて安心した。

『俺は直近の休みが来週の日曜で、その次は水曜なんだ。香月さんの次の休みはいつ？』

「私も今度の日曜、休みです」

『それじゃ、日曜でいいかな？』

「はい」

『どうせならランチも一緒にどう？　パティスリーまで車で五十分くらいかかるし、着いても並ぶだろう。ランチを食べてから出発した方が、ちょうど三時くらいに食べられると思うんだ』

（吉野さんとランチも!?）

そう思うと、口止めの見返りで約束をしているだけなのに、ワクワクしてきた。

「ぜひ！」

『じゃあ、住所を教えて』

蒼介に問われて、美渚はマンションの住所を伝えた。

『十一時に迎えに行くよ。昼飯を食べ過ぎないようにしないとな』

「大丈夫ですよ、甘いものは別腹ですから」

『あんたらしいな』

電話の向こうから楽しげな笑い声が聞こえてきて、美渚は蒼介の機嫌が直っていることにホッとした。彼の笑顔を想像し、どうしようもなく笑みが込み上げてきた。


その翌日の月曜日は美渚が休日だったため、一樹と会うことはなかった。蒼介のマフラーの件でメールを送ってから一度も連絡がないまま土曜日になり、美渚の頭は蒼介と一緒に人気パティスリーに行くことでいっぱいになっていた。

（明日、どんな服を着ていこう）

そんなふうにドキドキワクワクしていたら、夜になって一樹から電話があった。スマホ画面の〝波田中一樹〟の文字を見て、美渚は戸惑いながら通話ボタンをタップする。

「もしもし……？」

『美渚』

いきなり名前で呼ばれて、ドキリとした。

『今まで連絡しなくてごめん。明日、時間ができたから会いたいと思って連絡したんだ』

「明日、ですか……」

美渚はつぶやくように答えて、考え込む。

（美希姉さんには『向こうがまた会いたいと思ってくれたなら、彼は美渚のことが本気で好きってことだし、会うだけ会いなさい』って言われたし……会った方がいい、よね？）

美渚は気持ちを固めて返事をする。

「わかりました。でも、予定があるので、夜でかまいませんか？」

『え？　夜？　なんで？』

「夕方まで出かける予定があって……」

『そんな予定、キャンセルしなよ』

一樹が不満声で言ったが、蒼介との予定が入ったのは、そもそも一樹が蒼介にマフラーを直接返したからなのだ。

「ごめんなさい、キャンセルはできないんです」

美渚の謝罪の言葉に、一樹が畳みかける。

『この俺が頼んでるんだよ？』

「そう言われても……どうしても無理なんです。ごめんなさい」

一樹が鼻を鳴らした。

『そう、いいよ、わかった。じゃあ、明日、ディナーを一緒に食べよう。待ち合わせは五時半に地下鉄三宮・花時計前駅の一番出口』

一樹に言われて、美渚は蒼介との予定にかかる時間を頭の中で計算する。

（十一時に出発してランチを食べて、二時に着いたとして、一時間並んで三時、食べ終わったら四時前……だったら、五時半には間に合うよね）

「わかりました」

『待ってるから。それじゃ、おやすみ』

「おやすみなさい」

美渚が答えたあと、電話は切れた。

（また誘ってくれるなんて……美希姉さんの言うように、波田中さんは私のことを本気で好きって思ってくれてるんだ……）

それなのに、彼に会うことに躊躇してしまう。美希の言う通り本当に慣れるものなのだろうかと不安に思いながら、スマホをローテーブルに置いた。そのとたん、また電話が鳴り出して、ビクッとする。だが、画面を見たら着信の相手は母だった。拍子抜けしながら電話に出る。

「なんだ、お母さん」

『なんだなんてひどいわねぇ。この前あわただしく電話を切られたから、いつ美渚から連絡があるんだろうって待ってたのに』

「あー、ごめん。なんだかいろいろバタバタしてて」

『いろいろ？　バタバタ？　もしかしてイケメン営業マンとの間に進展があったのかな〜⁉』

心待ちにしていた小説の次の連載を目の前にしているかのように、母の声は弾んでいた。

（確かに進展があったといえばあったけど……いくらなんでもキスが最悪なんて、お母さんに言えるわけないよ）

美渚はわざとそっけなく答える。

「別になにも」

母の声が落胆したものに変わった。

『なぁんだ、がっかり。あーあ、ピンチを救ってもらったとか、一生懸命がんばってる姿や笑顔を褒めてくれたとか、そういう展開を期待してたのになー』

母の言葉を聞いて、美渚は頭を抱えたくなった。ついふて腐れた口調になる。

「お望み通りの展開にならなくて申し訳ないですねぇ」

『ホントよ、まったく。はあぁ、美渚はいくら後押ししても恋が芽生えないのね〜。どうしたものかしら。いいかげん、頼れる彼氏を見つけて楽しい話を聞かせてほしいのに。この際、誰でもいいから、なにか進展したら教えてよね。それじゃ、おやすみ』

そう言って母は電話を切った。

（誰でもいいからって……）

母の言葉を思い出して、美渚はため息をついた。

母が頻繁に電話を掛けてくるのは、遠方で一人暮らしをしている美渚を心配しているからというよりは、奥手な娘がいつ恋をするのか気になって仕方がないからだったのだ。そのことに美渚はようやく気づいたのだった。

第十一章　想定外の展開

翌日曜日。朝起きてすぐカーテンを開けると、窓の外には気持ちいいくらい晴れた青空が広がっていた。

（わあ、ドライブ日和！　ついでにケーキ日和。ってそんなのないか）

蒼介とパティスリー・アールタキイのケーキを食べに行けると思うと、昨晩の憂鬱な気分が晴れて、心が弾んでしまう。

美渚は先週見た蒼介の服装を思い出しながら、カジュアルなのにエレガントに見えるよう、ジョーゼットのブラックのブラウスを選んだ。襟と袖がたっぷりとしたフリルになっていてかわいらしい。それに膝下丈のグレーのフレアスカートを合わせ、人気パティスリーの行列に並ぶことを考えて、パンプスは三センチヒールのものにした。

（これで巻き髪とかしたら、気合い入りすぎかな？）

鏡の前でストレートの毛先に指先をくるくると絡めてみる。

（やっぱり毛先くらい巻いた方がいいよね）

地味な顔を少しでも華やかに見せたくて、ヘアアイロンを取り出し、毛先をカールさせた。そうして何度も鏡を覗き込む。

（マスカラはにじんでないかな？　アイカラーは似合ってるかな？　口紅はどっちの色がいいかな……？）

少しでもかわいく見せたくて、ああでもないこうでもないとやっているうちに、約束の十一時になった。インターホンが鳴って、モニタに映っている蒼介を見たとたん、美渚の顔がパァッと明るくなる。

（吉野さんだ！）

ドキドキする胸を押さえながら応答ボタンを押した。

「はい」

「おはよう。準備はできた？」

「はい。すぐに下りますね」

コートとハンドバッグを腕に掛けて部屋を出て、エレベーターで一階に下りた。エントランスの外で壁にもたれていた蒼介が、美渚を見て体を起こす。今日の彼はワインレッドのVネックニットにジーンズを着ていて、カジュアルなのに上品な印象だ。

「おはようございます」

自動ドアから出てきた美渚を見て、蒼介が目元を緩めて言う。

「今日はずいぶんと雰囲気が違うな」

美渚はカールさせた毛先にそっと触れた。

「へ、変ですか?」

「いいや、よく似合ってる」

(よく似合ってるだなんて!)

この際パーマをかけちゃおうか、と美渚が浮かれていると、蒼介が首を傾けて、来客用駐車場に駐まっているブラックのSUVを示した。

「あれが俺の車」

先に立って歩き、美渚のために助手席のドアを開けた。

「ありがとうございます」

美渚は礼を言って席に座った。車内の色調は深みのあるグレーで統一されていて、落ち着いた雰囲気だ。蒼介が運転席に回って乗り込み、美渚を見た。

「荷物は後ろに置く?」

「あ、はい」

蒼介が美渚の手からコートとバッグを取って、後部座席に置いた。その横には彼のアイボリーのダッフルコートが置かれている。彼がハンドルに向き直り、シートベルトを締めた。

「じゃ、出発するよ」

美渚がシートベルトを着けたのを見て、蒼介がサイドブレーキを解除した。アクセルを踏んで、車がなめらかに動き出す。オーディオからは女性の声で歌う明るい洋楽が流れていて、まるでドライブデートのようだ。

「吉野さんって、カラフルな人なんですね」

美渚が話しかけると、蒼介が公道へとハンドルを切りながら苦笑した。

「香月さんの日本語ってときどきおもしろいよな」

「おもしろいですか？」

「ああ。俺がカラフルってどういうこと？」

「そのままですよ。お店で見るときは、いつもパティシエの白い制服姿だから、普段の吉野さんっていろんな色の服を着るんだなぁって……。不思議な感じです」

「不思議か」

蒼介が腑に落ちない、と言いたげな口調で言った。美渚としては、本当はよく似合っているとか、かっこいいとか言いたかったのだが、そんなことは恥ずかしくてとても言えない。

蒼介が右手の人差し指でハンドルをトントンと叩いて言う。

「香月さんも……そうだな、俺の隣にいるのが不思議な感じだ」

「どうしてですか？」

「俺が話しかけるといつもビクビクしてたから、俺のことを怖がってるんだと思ってた」

「最初はそうでしたけど……」

美渚は言ってフロントガラスの先を見た。日曜の神戸の街にはたくさんの車が走っている。

「今は？」

蒼介に促されて、美渚は考えながら答える。

「今は……思ったより話しやすくて、一緒にいると楽しいなって思ってます」

「それは光栄だな」

そのとき先の信号が赤になった。前の車に続いて停車し、蒼介がハンドルを握ったまま口を開く。

「好きな食べ物を聞いてなかったんだけど、リクエストある？」

「そうですねぇ……なんでも食べられますけど、今はちょっとイタリアンの気分かな」

「イタリアンか。それなら、ハーバーランドにあるレストランはどう？　海を見ながら食べられる」

「いいですね、賛成！」

蒼介の提案がますますデートっぽくて、美渚はワクワクしてきた。

「よかった。オススメのレストランなんだ。実は夜景もキレイなんだけど、あいにく今は昼だな」

　その言葉を聞いて、彼は誰かとそこで夜景を見たことがあるんだろうか、と美渚は考えた。

（吉野さんは一見ちょっと取っつきにくそうだけど、ホントは気遣いのできる優しい人だし、過去には彼女とかいたんだろうなぁ……。っていうより、今はいないのかな？　こんなふうに私と二人きりで出かけるってことはいないんだと思うけど……）

　気になるが訊けないでいるうちに、目印の観覧車が見えてきた。蒼介が商業施設ｕｍｉｅ（ウミエ）の地下駐車場に車を駐め、彼の案内で三階にあるレストランへ行った。

　ランチタイムは始まったばかりなので、店に入るとすぐに窓際のテーブル席に案内された。目の前は一面ガラス張りで、十月下旬の神戸の海が一望できる。前の波止場には白いクルーズ船が停泊している。ランチ・クルーズ、ディナー・クルーズなど、さまざまなクルージングが楽しめる船だ。その向こうには帆船をイメージした神戸海洋博物館が見え、左手には青い空と鮮やかなコントラストをなす赤い神戸ポートタワーが建っている。

「夜景も絶対キレイですよねー。私、この角度から見たことないです」

　美渚の言葉を聞いて、蒼介が微笑みながら言う。

「今度はディナーに来てみる？」

「え」

（それってもしかして次のデートの約束……⁉）

美渚は期待に胸を膨らませたが、向かい側の席の蒼介は、しまった、というように笑みを消した。

「いや、別に俺とって意味じゃない。ここはディナーもオススメだから、友達とでも来てみたらってことだよ」

（友達と……）

美渚は一度口をつぐんでから、思い切って疑問をぶつけた。

「吉野さんは、ここに友達とディナーに来たことがあるんですか？」

蒼介は視線を窓の外に移し、目を細めて遠くを見た。

「そうだな……。友達というより後輩……ただの後輩だった」

彼の口調がどこか寂しげに聞こえて、引っかかる。

（女性だったのかな……？　だって、友達にしろ後輩にしろ、普通、男同士でこんな雰囲気のいいレストランにはディナーに来ないよね……）

本当にただの後輩だったのか、今はそうではないのか。彼とその見ず知らずの〝後輩〟との関係が気になってしまう。

「ま、一年くらい前の話だから。その頃とはきっとメニューも変わってるだろうな」

さっきの寂しげな声が嘘だったかのように、彼はいつもの冷静な口調に戻ってメニューを広げ、美渚の前に置いた。

「今日はケーキがメインだから、ランチは軽めにした方がよさそうだな」

「あのぅ……」

美渚の声に、蒼介が顔を上げて彼女を見た。なに？　と問うように首を傾げられ、その友達は女性だったんですか、とは今さら訊けない雰囲気になった。

美渚は目を泳がせてから、メニューに視線を落とした。

「そ、そうですね。このBランチとかどうですか？　本日のパスタかピザが選べて、前菜の盛り合わせとパン、それに食後のコーヒーがついてますよ」

「そんなに食べて大丈夫？」

蒼介に訊かれて美渚はうなずいた。

「だって、この本日のピザ、すごくおいしそうなんです。〝クワトロフォルマッジ〟ですよ。チーズが四種類ものってるんですよ！　私、チーズ大好きなんです！」

蒼介が小さく微笑んだ。

「なるほど。じゃあ、俺はパスタの方にしよう」

アルバイトらしい男性店員が近づいてきたので、蒼介が二人分の注文を伝えた。店員は受けた注文を手に持っていたハンディ端末に打ち込んで注文を繰り返したあと、顔を上げて言う。

「当店では新しいサービスといたしまして、お客様の中にお誕生日前後一週間の方がいらっしゃいましたら、ご一緒にご来店いただいた方にもプチデザートをプレゼントするバースデーサービスを始めました。本日、お誕生日前後一週間のお客様はいらっしゃいますでしょうか？」

店員が愛想のいい笑みを浮かべて蒼介と美渚を交互に見た。蒼介は首を振り、美渚はおずおずと口を開く。

「あの……実は私、今日誕生日なんです……」

「では、お客様、なにかお誕生日を証明できるものをお持ちでしょうか？」

店員に言われて、美渚はハンドバッグから運転免許証を取り出した。店員に見せると、彼が確認して美渚に返した。

「ありがとうございます。お客様、本日はお誕生日おめでとうございます。お食事のあとに、本日のプチデザート、マロンムースをお二人様にお持ちいたしますね」

店員がテーブルを離れてから、美渚は大変なことに気づいてしまった。

「吉野さん、すみません！　パティスリー・アールタキイに食べに行くのに、私、デザートを頼んでしまいましたっ」

青ざめる美渚を、蒼介が頬杖をついてチラリと見る。

「誕生日おめでとう」

そう言いつつも、彼がおもしろくなさそうな態度なので、美渚はあわててしまう。

「あ、ありがとうございます。でも、デザートは断りますね」

美渚が店員を探してキョロキョロするのを見て、蒼介が首を振った。

「断らなくていいよ」

「でも……」

「いいって言ってる」

「ホントですか？　吉野さん……声が怒ってるみたいですけど」

「そんなことで怒るわけないだろ」

そうは言われても蒼介の口調が不機嫌に聞こえて、美渚は気遣うように彼を見た。そんな美渚の目を見て、蒼介が苦い笑みをこぼす。

「ここのプチデザートにも興味はあるから、甘いものが増えたことは別に怒っていない。でも、香月さんが今日誕生日だってことを教えてくれなかったことには、がっかりしてる」

「あ、すみません。正直、自分でもすっかり忘れてて」

ずっと行きたかったパティスリーに蒼介と一緒に行くことを考えてワクワクする一方で、そのあとに一樹と会うことを思い出しては緊張と不安に心が揺れ動いて忙しかったのだ。おかげで自分が今日二十四歳になることなどすっかり忘れていた。

「自分の誕生日を忘れるなんて珍しいな」

「今日が盛りだくさんなので」

美渚はそう言ってあいまいに微笑んだ。

ほどなくして店員が現れ、〝サーモンのカルパッチョ〟や〝ミニライスコロッケ〟など、四品の前菜が盛られた四角い大皿がそれぞれの前に置かれた。

「おいしそうだな」

「ホントですね。いただきます」

美渚は蒼介と一緒にフォークを取り上げた。カルパッチョを口に入れると、レモンとハーブの香りがきいていて、食欲がそそられる。

「いくらでも食べられそう……」

うっとりとする美渚を見て、蒼介が穏やかに微笑んだ。

「香月さんはいつ見ても本当においしそうに食べるよなぁ」

「だって、実際においしいんですよ」

それは本当だった。それに、目の前には蒼介の笑顔があって、楽しい気持ちで食事ができる。

「笑顔って最高の調味料ですよね」

美渚がしみじみ話すと蒼介が苦笑する。

「それを言うなら〝空腹は最高の調味料〟じゃなかったっけ」

「私の場合は〝笑顔〟なんですっ」

「そうだな、確かに香月さんの笑顔を見てるとうまさが増した気がするよ」

蒼介がにっこり笑って、美渚は胸がくすぐったく感じた。

(吉野さんのその笑顔も、料理をおいしくしてくれますよ)

心の中で彼と同じことをつぶやいた。

二人が前菜を食べ終わると、蒼介には本日のパスタの〝海の幸のトマトソース・スパゲッティ〟が、美渚には本日のピザが運ばれてきた。店自慢の石窯で焼き上げられた四種のチーズを使ったピザは、濃厚なチーズが深い味わいだ。

(おいしいけど、お腹にたまりそう。でも、ケーキは別腹だから大丈夫!)

蒼介はスパゲッティを食べていたが、ふと手を止めて美渚を見た。

「前から気になってたんだけど……」

「はい?」

美渚もピザを食べる手を止めて彼を見た。

「店長が厨房横のカウンターに小さなコルクボードを置いて、お客様からご意見をもらったときにメモを留めるようになっただろ?」

「はい」

「あれは香月さんの提案?」

「あー……一応」

二週間前に蒼介に話したあと、店長に同じことを伝えたら、次の日に早速コルクボードを置いてくれたのだ。パティシエたちの励みになりそうな言葉を客からもらったら、メモして画鋲で留めることになっている。メモの内容は、〝孫に買って行ったら「おいしい！また買ってね」と好評だった〟、〝銀婚式に特別なケーキを頼んだのを、おじいちゃんたちがすごく喜んでくれた〟といったお客様の何気ない一言だが、直接言葉を聞くことのないパティシエたちにぜひ伝えたいと思ったことばかりだ。

蒼介がスパゲッティをフォークに巻きつけながら言う。

「見習いパティシエの一人が、最近仕事に対して意欲を失っているように見えたんだ。気になって話を聞いたら、いずれ独立して恋人とカフェを開きたいから、お客様の反応がわかるようなもっと小さな店で働こうか迷ってるって言われたんだ」

「ええっ」

美渚は思わず声を上げた。

「でも、ちょうどそのときあのコルクボードが出現して、次の日彼が『自分の準備したケーキに温かい感想をもらえてすごく嬉しかったです。一生懸命働いてラ・トゥールで一人前になりたい』って言ってくれたんだ」

蒼介の言葉を聞いて、美渚の顔がほころんだ。

「ホントですか!?　よかったぁ。そのお客様のお声のおかげですよね」

「俺は香月さんのおかげだって思ってる」

蒼介にチラリと視線を投げられ、美渚は頬が熱くなるのを感じた。恥ずかしくなって、口の中でもごもごと謙遜する。

「私は別になにも……」

「香月さんらしい反応だな。でも、そんなに自分を過小評価することないのに。俺は香月さんの努力も仕事ぶりもちゃんと評価してるよ」

蒼介が言って柔らかな笑みを浮かべた。厨房にいるときの真剣な横顔から、彼が仕事に厳しい職人肌なんだとわかる。その彼にそんなふうに言われて、舞い上がってしまいそうだ。嬉しくて彼の笑顔をじいっと見ていたら、鼓動がトクトクと音を立て始めた。

(どうしよう、吉野さんの笑顔をずっと見ていたい……)

「俺の顔になにかついてる？」

「いいえっ」

美渚が背筋を伸ばしたのを見て、蒼介の笑みが苦いものに変わる。

「香月さんは俺が怒っても笑ってもビビるんだな」

彼に言われて、美渚はあわてて首を振った。

「いいえ、違います！　今のは吉野さんに褒められて嬉しくて、ほっこりしてたんです！」

「ほっこり？」

「はい！　うちの〝抹茶の小豆クリームロールケーキ〟を食べたときみたいに」

「なるほど、俺は和風味というわけか」

蒼介がおかしそうに笑い、美渚は変な喩えをしてしまったのをなんとか取り繕おうと言葉を紡ぐ。

「た、食べたわけじゃないですけどねっ」

それを聞いて、蒼介が顔を近づけて低い声で問う。

「じゃあ、食べてみる？」

「た、たた、食べるって⁉」

「味見。あるいはつまみ食い」

蒼介が目を細めて片方の口角を上げて笑った。それがドキッとするほど色気があって、彼の唇から目が離せなくなる。あの唇はどんな味がするんだろう、なんて思ってしまう。

（やだ、私、なに考えてるの）

美渚の頬が赤く染まり始め、蒼介がバツが悪そうな表情になった。

「冗談だよ」

「あ、そ、そうですよね。だいたい人間を味見とか、わけわかんないですから」

美渚はブツブツと言いながらピザを口に押し込んだ。蒼介もおかしなことを言ってしまったと後悔しているのか、黙々と食事を続けた。

　そうしてそれぞれピザとスパゲッティを食べ終えたあと、プチデザートとコーヒーが運ばれてきた。白い丸皿の中央に、マロンムースがスプーンですくって盛りつけられていて、皿の周囲にはチョコレートの文字で〝ＨＡＰＰＹ　ＢＩＲＴＨＤＡＹ〟と書かれている。

　蒼介の前にはチョコレートの文字が書かれていないものが置かれた。

「誕生日おめでとう」

　蒼介がそう言って微笑んだので、さっきまでの気まずさが消えて、美渚はホッとした。

「ありがとうございます」

　スプーンですくったムースは柔らかく、マロンの味は控えめだ。

（おいしいけど、もうちょっと栗の味がきいている方が好きだなぁ）

　食べ終えてコーヒーを飲みながら窓の外を見ると、食事前、港に停泊していた白い船の姿はもうなかった。

「そろそろ出発しますか？」

　美渚が視線を蒼介に向けると、彼はうなずいて伝票を取り上げた。

「誕生日プレゼントの代わりに奢らせてもらうよ」

「でも、そうしたら口止め料になりませんから」

　美渚が伝票をもらおうと手を伸ばしたとたん、蒼介の表情が険しくなった。

「口止めという表現を使ったけど、俺は香月さんに『奢(おご)って』とは一言も言ってない」

「そ……うでしたね。すみません」

彼の厚意を無にしようとしてしまったことが申しわけなくて、美渚は視線を落とした。そんな彼女を見て蒼介が口調を和らげる。

「ごめん、言い方がきつかった。香月さんがこうして俺に付き合ってくれてるのは、口止めの見返りだったってことを忘れてたんだ」

蒼介が言って立ち上がり、美渚もハンドバッグを取り上げて彼に続いた。

駐車場では蒼介がまた助手席のドアを開けてくれた。すぐそばにいて気遣ってくれるのに、それが口止めの見返りに付き合っているからなのだと思うと、どうしても心が沈んでしまう。

「ありがとうございました」

美渚の礼の言葉に、蒼介は短く「いや」と答えただけだった。落ち着いた曲を集めたコンピレーションアルバムを聴きながら五十分ほど走ると、少し先の丘の上に、雑誌やグルメサイトで写真を見たことのある赤い屋根の一階建ての建物が見えてきた。だが、まだ目的地はずっと先なのに、車道の左側には車が並んでいて、横の歩道には〝パティスリー・アールタキイ駐車場最後尾〟と書かれたプラカードを持って警備員が立っていた。

「駐車場に入る前から並ぶのか」

蒼介が驚いて声を上げた。

「噂以上ですね」

駐車場から車が出るとその台数分だけ進むということが三十分ほど続き、ようやくパティスリーから少し離れた場所だが駐車場に駐めることができた。

蒼介が運転席から降りて伸びをした。

「思ったより時間がかかったな。大丈夫？」

「はい。運転、ありがとうございました」

並んで歩いてパティスリーに近づくと、店の入り口から壁沿いに長い行列ができている。ざっと見ただけでも四十人くらいが並んでいて、美渚たちはその行列の最後尾に着いた。そこは建物から離れた芝生の庭の入り口だ。

「すごいな。みんないったい何時から並んでるんだろう」

蒼介が美渚の右側でつぶやいた。

「午前中から並んで、十二時とかに入れちゃったら、ランチ代わりにケーキってことになりますよね」

「そうだな」

「私は別にそれでもいいですけど」

「ランチにケーキを食べるってこと⁉」

　蒼介が驚いたように眉を上げた。

「いいえ。ランチは別腹です」

「どれだけ食べるんだよ」

　蒼介に呆れたように言われて、美渚は小さく舌を出した。

「お腹というより、心が満足するまで、です」

「心、か」

「はい。たとえばラ・トゥールのケーキとか……お気に入りのパティスリーのケーキを食べたら、幸せな気分になれるでしょ？　そんな感じです」

「俺たちが作ったケーキで……本当にそう思ってくれてるんだ？」

　蒼介に真顔で問われて、美渚は照れながら答える。

「あー、はい。私、ラ・トゥール神戸店のケーキに惚れて就職したんですから」

「香月さんは……就職して一年半くらい？」

「そうです。吉野さんは神戸店に来てどのくらいなんですか？」

「五年だ」

　彼の言葉に、美渚は顔を輝かせた。

「私、大学時代に何度か神戸店のケーキを買ったんですよ！　あの頃からずっと吉野さんたちが作ってくれたケーキを食べてたんですね」

運命のようなものを感じて、美渚は感慨深げに言った。

「そうなるな」

「でも、食べるときは『吉野さんが作ってくれたんだぁ』とか考えないで食べてますけどね」

美渚の言葉を聞いて、蒼介は苦い笑みを浮かべた。

「だろうな」

「でも、ラ・トゥールのいいところは、売り場の奥に厨房があるので、作っている人が見えるところですよね。どんな人が作ってるんだろうって、ときどき売り場からチラ見してたんですよ」

「じゃあ……もしかして五年前から俺のことを知ってた？」

蒼介に期待するような声で訊かれて、美渚は「んー」と考えるような声を出す。

「でも、みなさんマスクと帽子で顔が隠れてるから、よくわからなかったです」

「自意識過剰だったか」

蒼介が決まり悪そうに笑った。彼がそんなふうに笑うなんて新鮮だ。行列が少し進んだが、ようやく店の白壁の角に着いたところで、入り口はまだ先だ。

「噂では聞いてましたけど、本当にすごい行列ですねぇ」

美渚はため息混じりに言った。

「だろ？　ここに男一人で並ぶのはきついんだよ」

「吉野さんでもそういうことを気にするんですね」

「悪いか」

「悪いなんて言ってませんよ」

美渚は言って、腕時計をチラッと見た。時刻は二時五十分で、列に並んで三十分が経過している。雲が出てきて辺りがひんやりと肌寒くなってきた。

「日が陰ってきたな」

蒼介が空を見上げて言った。

「そうですね。やっぱり十月下旬ですね」

蒼介がダッフルコートの右のポケットを探って、車のキーを取り出した。

「まだ並びそうだし、香月さんは車の中で待つといい。暖房のつけ方はわかるだろ？」

蒼介に鍵を差し出されたが、美渚は首を振った。一人で車の中で待つより、蒼介と話している方が楽しい、と思ったからだ。

「そうしたら、吉野さん、一人で並ばなくちゃいけなくなりますよ。私を誘った意味がなくなるじゃないですか」

「別に香月さんを誘ったのはそれだけが理由じゃない」

「ほかにどんな理由があったんですか？　あ、暇つぶしのための話し相手？」

美渚の言葉に蒼介が冗談っぽく笑みをこぼした。

「それもあるかな」

「ひどーい」

蒼介が笑って鍵をポケットに入れたかと思うと、左手で美渚の右手を握った。彼の突然の行動に、美渚は戸惑って彼を見上げる。蒼介は美渚の手ごと左手をダッフルコートのポケットに無造作に突っ込んだ。

「香月さんの手はいつも冷たいな」

蒼介が横目で美渚を見下ろしながら低い声で言った。頬骨の辺りがほんのりと染まっている。

「た、たまたまですよ。吉野さんが触ったときにたまたま冷たいだけです」

言いながらも、美渚の頬にも朱が差していく。

「風邪引かれて店の……」

蒼介が言いかけ、美渚が言葉を引き継ぐ。

「『みんなにうつされたら困るからな』？」

「よくわかってるな」

蒼介が照れ隠しのようにそっけなく言った。それでも、彼のポケットの中で手を大きな手に包まれていて、心がほんわりと温かくなってくる。

「すごく……あったかいです」

美渚は言って、彼の方へ体を寄せた。

（ずっとこうしていたいな）

そう思って、美渚はハッとした。一樹といたときに、そんなふうに思ったことはなかった。こんなイケメンと一緒に歩くなんて、一緒に食事をするなんて、と思うと、息苦しいくらい緊張してばかりいた。

でも、蒼介といるときは違う。

（私……もしかして……吉野さんのこと……？）

上目遣いにそっと見上げたら、彼がどうした？　というように小さく首を傾げた。そんな何気ない仕草にさえ、胸がトクンと音を立てる。嬉しくて恥ずかしくてドキドキして……これが本物の恋なのかもしれない、とようやく思い至った。

「退屈？」

蒼介が訊いた。

「そんなことないです」

黙ったままでも彼のそばにいられることが幸せで、寒い中待つのも全然苦ではなかった。

店内に入れたのは、それから一時間が経ってからだった。

「大変お待たせいたしました」

丁寧に言いつつも、顔に疲れをにじませた若い女性店員が、二人を窓際のテーブル席に案内した。

それぞれメニューを見ていたが、美渚はせっかく来たんだから、とケーキを二個注文することにした。

「決まった？」

蒼介に問われて、美渚はメニューから顔を上げた。

「はい！　この〝ショコラ・ピスターシュ〟と〝フロマージュ・クリュ〟にします」

美渚の言葉を聞いて、蒼介が笑みをこぼした。

「あんたは本当にケーキが好きなんだな」

彼に笑われて、美渚の頬が熱くなった。

「二個も頼むなんて食べ過ぎだって呆れてます？」

「まさか。でも、チョコレートムースとピスタチオのムースをチョコレートで包んだケーキと、イチゴジャム入りのチーズケーキだぞ。本当に二個も食える？」

確かにお腹にたまりそうな選択だ。おまけにランチのピザがまだ胃の中でどっしりと存在感を発揮している。だが、食べたい気持ちは消えない。美渚が一瞬迷ったのを見て取って、蒼介が微笑んだ。

「それじゃ、半分こしようか」

「は、半分こ⁉」

「そう。それなら二種類味わえる。どう？」

蒼介に問われて、美渚はドキドキしながらうなずいた。

蒼介が女性店員に合図をして、ケーキを二種類、それに彼のコーヒーと美渚のストレートティーを注文した。テーブルが二十ほどある店内は混み合っているが、癒やし系のオルゴールの曲が流れている。

「お待たせいたしました」

しばらくして女性店員が注文の品を運んできて、美渚の前にショコラ・ピスターシュが置かれた。

（思ったよりも大きい）

メニューの写真を見て想像していたよりも大きなケーキを見て、半分こにする約束にしておいてよかった、と美渚は思った。

「それじゃ、食べようか」

「はい、いただきます」

美渚はフォークを取り上げ、まずは約束通り半分に切った。ピスタチオと金粉で飾られた円筒形のムースはとても柔らかく、切り口からは層になった淡いグリーンのピスタチオムースが見えてとてもキレイだ。

　美渚はフォークで一口口に運んだ。

「あ、なにかジャムが入ってる。ラズベリーかな……？」

　濃厚なショコラムースと香ばしいピスタチオムースに、ほんのりと甘酸っぱいジャムの味がアクセントになっている。

「並んででも食べに来る甲斐がありますね～」

　美渚が頬に左手を当てて味わいながら食べているのを、蒼介が微笑みながら見ている。

「食べないんですか？」

「香月さんがおいしそうに食べてるのを見る方が楽しい」

　彼の言葉に、美渚の頬がカァッと熱くなった。

「見られてると……恥ずかしいんですけど」

「それもそうか」

　蒼介が言って、自分のフォークを取り上げた。そうしてフロマージュ・クリュを半分にして食べてから、美渚に皿を差し出す。

「はい、半分こ」

「はい」

　美渚は自分の皿と交換した。

(なんか……恋人同士みたい)

チラッと視線を送ると、蒼介はもうショコラ・ピスターシュを口に運んでいる。

「ああ、ラズベリージャムだな。香月さん、正解。結構ボリュームあるけど、ジャムの酸味のおかげで食べやすいな」

分析するようにつぶやきながら食べている。そんな小難しい顔をしている彼を見て、美渚は思わず微笑んだ。

(吉野さんって意外と表情が豊かなんだぁ)

普段はマスクで隠れていてよく見えない彼のさまざまな表情を見ることができて、嬉しい、と思った。

フロマージュ・クリュは雪のように真っ白なチーズクリームにイチゴジャムの赤が見た目にも美しい。

「おいしい……けど、チーズクリームがちょっと重いかも」

美渚の言葉を聞いて蒼介がうなずいた。

「パイナップルの果汁を使ってるみたいだけど、イチゴジャムも甘いから、ジャムをカシスにしてもいいかもしれないな」

「お子様向けにはいいかもしれませんね」

「そうだな」

「ラ・トゥールにもいくつかお子様向けのがありますよね？　プライスカードにも〝洋酒不使用〟って書いてありますし」

「ああ。できればいろんな年代の人に一緒に食べてほしいからね」

美渚は紅茶を一口飲んでから言う。

「格式張った高級感だけじゃないところがラ・トゥールのいいところですよね」

「とはいえ、やっぱり神戸店ではそれなりの格式が求められるんだ」

「そうなんですか？」

美渚の言葉に、蒼介がテーブルに身を乗り出し、声を潜める。

「ここだけの話、フォンダンショコラは最初、企画部に猛反対されたんだ」

「えっ」

美渚は思わず声を上げてしまい、片手で口を押さえながら彼の方に耳を傾けた。

「お客様に電子レンジで温めさせるなんて手間をかけさせるのは論外だってね」

「えー……でも、今ではうちの人気商品ですよね？　どうやって企画を通したんですか？」

「最初は秋のチョコレートフェアで期間限定ってことで販売する許可をもらったんだ」

「それが成功したんですね？」

美渚の問いかけに、蒼介が体を起こし、椅子に背を預けて言う。

「ありがたいことにね」

美渚はテーブルの上で両手を拳にした。

「成功して当然ですよ！　だって、私みたいに、熱々のフォンダンショコラを気軽に食べたいって人はきっとたくさんいるはずですから！」

力説する美渚を見て、蒼介が嬉しそうに微笑んだ。

「ありがとう」

その笑顔を見て、美渚はますます幸せな気持ちになった。

「まだまだ行列は長そうだし、そろそろ席を譲ろうか」

蒼介が言うので、美渚は店の出入り口の方を見た。行列の先頭にいる人の姿が何人か見える。それぞれ、期待、疲れ、いら立ちなど、いろんな感情を顔ににじませている。

「そうですね」

蒼介が伝票を取って立ち上がったので、美渚は急いで椅子から立った。

「あの、ランチを奢ってもらったので、ここは私が払います」

「これも誕生日プレゼント」

「さっきもそう言ってたじゃないですか」

美渚は出口に向かいながら言ったが、蒼介は首を振った。

蒼介が会計を済ませてくれ、二人で店の外に出た。並んで行列の横を歩きながら駐車場に戻る。彼が助手席のドアを開けてくれたので、美渚は乗り込んでシートベルトを締めた。

蒼介が運転席に座ったのを見て礼の言葉を述べる。

「ずっと来てみたかったパティスリーだったので、誘ってもらえて嬉しかったです。ありがとうございました」

「そう言ってもらえてよかった」

「だから、やっぱりケーキの分は払わせてください」

美渚が言うと、彼が後部座席にコートを置き、シートベルトを締めながら助手席を見た。

「香月さんのその言葉だけで充分なんだけどな」

「でも……」

「香月さんは『でも』が多いな」

蒼介が仕方ないな、と言いたげに笑みをこぼした。

「それじゃ、このあとドライブに付き合ってくれる？　それでチャラ」

蒼介に言われて、美渚は腕時計を見た。時刻はいつの間にか四時を過ぎていた。一樹との約束を思い出して、楽しい気持ちが音を立ててしぼんでいく。

「あー……えっと、五時半から約束があって……地下鉄三宮・花時計前駅の一番出口で待ち合わせなんです」

自分の本当の気持ちに気づいてしまったのだから、一樹に会って、これからは二人きりで会うことはできないのだときちんと伝えなければ。

美渚はそう決意を固めた。

「せっかく誘っていただいたのに、ごめんなさい」

蒼介の表情から笑みが消えた。

「もしかして波田中さんと会うの？」

「どうしてわかるんですか？」

美渚が蒼介に視線を送ると、彼は目をそらしてフロンドガラスの向こうを見た。空はいつの間にか分厚い雲に覆われていて、外はさっきよりも薄暗く、車ばかりが並んだ駐車場が物寂しげに見える。

「わかるよ」

彼はぼそっとつぶやき、サイドブレーキを解除してアクセルを踏んだ。車はゆっくりと走り出し、パティスリーの駐車場から出た。反対車線には駐車場待ちをしている車がまだ列を作っているが、美渚たちの前にも後ろにも車の姿はない。住宅街を抜けて造成地にさしかかったとき、蒼介が口を開いた。

「一緒にいて楽しかったから……あんたが俺に付き合ってくれたのは、波田中さんのためだったってことを忘れてた」

「波田中さんのためっていうか……波田中さんに頼まれたからで……」

美渚は前を向いたまま言った。

「波田中さんに頼まれたら、なんでもするんだな」

　蒼介の口調がいら立ちを帯びた。

「そういうわけじゃないです」

「でも、今回はそうだろ？」

「……結果的にはそうなってしまいましたけど」

　美渚は口の中でつぶやくように答えた。

　確かにきっかけは、一樹に二人で出かけたことを秘密にするように頼まれたからだった。そのせいでこうして蒼介と出かけることになり、自分の本当の気持ちに気づいた。だが、それは同時に一樹の想いを踏みにじることになるのだから、罪悪感を覚えてしまう。

「香月さんがそんなふうに真剣に波田中さんのことを想っても、波田中さんが同じように想ってくれてないかもしれないとか、考えないわけ？」

「どういう意味ですか？」

　蒼介の言葉の意味がわからず、美渚は運転席を見た。蒼介は無言で車を河川脇の空き地に停め、苦しげに言う。

「俺は香月さんが傷つくのを黙って見てられないんだ」

「私が傷つく……？　波田中さんはそんなことしません。私の方が彼を――」

　これから振ろうとしているのに、と美渚は言おうとしたが、蒼介の伸ばした左手が右頬に触れ、ハッと息を呑んだ。

「波田中さんのところに行かせたくない」

蒼介の大きな手が右頬を滑り降り、美渚の顎を持ち上げる。目の前に悲しげな彼の瞳があって、ドキンとした。

「イヤなら今すぐ拒否して」

蒼介がささやき、目を伏せた。つられて目を閉じた直後、唇に彼の唇がゆっくりと重なった。優しく触れた柔らかな唇は、ためらうように、うかがうように、美渚の唇をそっとなぞる。

（イヤなわけない。吉野さんにキスされて……嬉しい）

美渚は手を伸ばして彼のニットの袖をキュッとつかんだ。彼が手探りでシートベルトを外し、美渚を抱き寄せた。さっきよりも強く、角度を変えながら何度も口づけられ、美渚の体温が上がる。

「美渚……」

蒼介が吐息混じりの声をこぼし、名前を呼ぶ彼の声が耳に甘く響く。

「ん……」

下唇を軽く吸われ、唇がわずかに開く。その隙間から彼の舌が滑り込み、優しく美渚の口内をなで、誘うように舌に触れた。彼の手が美渚の髪を梳くようにしながら後頭部に回

され、うなじに触れられる。そこから淡い痺れが走って、首筋がゾクリとした。

（美希姉さんが言ってたのと同じだ……）

頭がボーッとして体がカーッと熱くなって……もっとキスしたい、と思う。

その思いを彼が感じ取ったのか、舌を絡め取られた。それを吸われて腰の辺りが疼き、美渚は彼の背中に手を回した。

「ふ……あ……」

深く熱くなっていくキスに夢中で応えているうちに、ブラウスの裾から彼の手が忍び込み、素肌を滑るようになでた。熱い大きな手のひらを感じて、背筋が反射的に反る。

「あぁっ」

思わず声を上げた唇を、蒼介に貪られる。彼の手が脇腹をなで上げ、やがてブラジャーの上から胸の膨らみをそっと包み込んだ。

「……っ」

美渚は反射的に息を呑み、蒼介が唇を離した。

「美渚の中からあいつの記憶を消してしまいたい」

直後、再び蒼介に唇をふさがれたかと思うと、彼に腰を引き寄せられ、下着の上から胸を柔らかくなで回された。その指先が肩紐にかかり、ゆっくりとずらされる。彼の手のひらが膨らみに直接触れ、指先で尖りを刺激されて、美渚の腰が大きく跳ねた。

「ひゃぁんっ」

思わず仰け反ると首筋にキスが落とされた。

「俺じゃダメか？」

かすれた声で問われて、美渚は彼の方を見た。熱く潤んだ瞳で、蒼介がじっと美渚を見つめている。その間も、彼の指先は美渚の胸の先端を弄んでいる。

「んぅ……」

美渚は耐えるように目をギュッとつぶり、息を吐いた。

「ダメ、じゃない」

そう答えた直後、また首筋に彼の唇が触れた。今度は強く押し当てられたかと思うと、軽く吸われてチリッとした痛みが走る。

「あ……ん……っ、でも」

「でも？」

蒼介の唇が離れ、美渚は大きく胸を上下させて言う。

「ここじゃ……イヤ。は……初めてが車の中じゃ……イヤ、です」

美渚の言葉に、蒼介が一度瞬きをした。彼にじぃっと見られ、美渚の頬が熱くなる。

「な……んですか？」

「まさか波田中さんとは……まだ？」

彼の問いかけに、美渚は小さくうなずいた。美渚の肌に触れていた蒼介の手がそっと引き抜かれる。

「本当に?」

「はい」

「でも、波田中さんの部屋に行ったんだろ?」

「行きましたけど、波田中さんに急用ができたみたいで……すぐに出て行ってしまって」

蒼介の目が、信じられないというように大きく見開かれた。美渚から体を離し、背を運転席のシートに預け、前髪をくしゃくしゃと掻き上げた。

彼の熱が消えてしまった肌が疼くような乾きを訴え、美渚は小さく体を震わせた。自分の心が誰を求めているのか、疑う余地もない。

(でも……)

一樹と会うと約束したのだ。そしてきっと彼は美渚と付き合っていると思っているはずだ。一樹と付き合ったまま蒼介とこんなことをするのは間違っている。美渚は体の中で渦巻く熱を吐き出すように、大きく息を吸って吐き出した。

「私……波田中さんに会いに行きます」

「そう」

蒼介が短く言って、シートベルトに手を伸ばした。

「送っていく」

彼のその言葉と、シートベルトをバックルに差し込むカチャリという音が重なった。

「ごめんなさい。でも、私――」

あなたのことが好きなんです、と言いかけて、その言葉を呑み込んだ。一樹との関係を終わらせなければ、自分にそんなことを言う資格はない。

「謝らないでくれ。悪いのは俺の方だから」

蒼介が低い声で言った。

(謝らなくちゃいけないのは、私なのに……)

自分の本当の気持ちに気づかず、一樹に思わせぶりなことをしてしまったせいで、今はまだ蒼介の気持ちに応えられないのだから。美渚はもどかしい気持ちで下唇を強く噛みしめた。

第十二章　見せかけだけの甘さ

蒼介は待ち合わせの場所に早く着けるルートを選んで車を走らせてくれたが、運悪く阪神高速七号北神戸線の途中で、事故による渋滞に巻き込まれてしまった。

それまでずっと黙っていた彼が、いら立ちを押し殺したような低い声で言う。

「ごめん、五時半に遅れそうだ」

美渚がナビの時刻を見ると、五時十五分と表示されている。

「ここからだとあとどれくらいで着けそうですか？」

「車がどのくらい流れるかによるけど……新神戸トンネルも渋滞しているようだし、あと四十分はかかりそうだ」

蒼介がすまなさそうに言った。

（波田中さんに連絡した方がいいよね……）

美渚はハンドバッグからスマホを取り出した。考えながら、簡潔なメッセージを打ち込む。

『約束の時間に二十五分ほど遅れそうです。申し訳ありません』

しばらく待ったが一樹から返信はなく、美渚はスマホをバッグに戻した。これから彼に会って、どう話を切り出したらいいのか、どういう言い方をすれば角が立たないのか、まったくわからない。

（私にキスしたってことは、波田中さんは私のことが好き……なんだよね？　今日誘ってくれたのも、デートのつもり、なんだよね？　でも、『好きだ』とか言われてないのに、『波田中さんとはお付き合いできません』とか『ほかに好きな人がいるんです』なんていきなり言うのは……どうなんだろ）

そんなことを悩んでいるうちに、車はようやく長いトンネルを抜けて一般道に出た。乗り降りできる場所を考えて、ＪＲ三ノ宮駅南側のロータリーに着けてもらった。

「ここから歩いて行きます。今日は本当にありがとうございました」

美渚がドアを開けようとしたとき、蒼介が言う。

「今でも、あんたを行かせたくないって思ってる」

美渚はドアハンドルに手をかけたまま、蒼介を振り返った。

「でも、行かないといけないんです」

一樹との関係を終わらせなければ、蒼介と恋ができないのだから。

「今日はありがとうございました」

美渚は言ってそっとドアを開けた。

「さよなら」

蒼介の低い声が聞こえて、美渚はドアを閉めた。そのままフラワーロードを急ぎ足で歩いて、神戸国際会館の前にある地下鉄の一番出口に向かった。タイル敷きの歩道にはたくさんの人が行き来していて、出口付近には待ち合わせのために立っている人の姿も多い。

美渚は横断歩道を渡りながら、一樹の姿を捜した。

「あ」

出口近くの掲示板にもたれている一樹の背中が見えた。美渚はゴクリとつばを飲み込んで、彼の方へと向かう。だが、近づくにつれて、彼が一人ではないことに気づいた。彼の陰になっていて見えなかったが、彼は誰かと――女性と――話をしている。

(あれは……)

女性の顔の輪郭が見えてきて、美渚の足が遅くなった。

(高柳さんだ)

あまり親しくない有華の姿を見つけて、美渚は掲示板の陰で足を止めた。聞くつもりではなかったが、二人の会話が耳に入ってくる。

「一樹との約束をすっぽかすなんて、香月さんって何様のつもり!?」

「いや、すっぽかすつもりはないと思うけど、あと十五分くらい遅れるらしい。俺を待たせたんだから、同じくらい待たせてやろうと思ってさ。暇つぶしに付き合ってよ」

「暇つぶしだけなんてやーだ。香月さんなんてもうどうだっていいじゃない。こうやって呼び出したってことは、一樹は私を本命にしたくなったんでしょ？」

　クスクスと笑う有華の声が漏れ聞こえた。

「どうかな。有華の部屋がたまたまここに近かったからかもしれないよ」

「よく言うわ」

「少し部屋に行ってもいいかな？」

「少しじゃすまなくなるってわかってる？　香月さんには一樹を渡さないから」

　有華が言って一樹の腕に自分の腕を絡めた。

「有華はやっぱ肉食系だよな。俺、逃げられる気がしない」

「じゃあ、なんで香月さんなんかに手を出したのよ？」

　有華が言いながら促すように歩き始め、つられて一樹が足を踏み出した。

「肉食女子ばかりに囲まれてると、たまにはああいう大人しい子をつまみ食いしたくなるのかもな。肉ばっか食ってるとさっぱりしたサラダがほしくなる、そんな感じだよ」

「一樹は来るもの拒まずなんでしょ。来もしないイモ女なんか食べちゃダメ」

　二人の姿が遠ざかり、声も聞こえなくなった。美渚は大きく息を吐いて、ついさっきまで二人がもたれていた掲示板に体重を預けた。

（なんだぁ……私は『つまみ食い』で、高柳さんが本命だったんだ……）

二人の会話を思い出して、思わず苦い笑みが漏れた。

(『肉食女子ばかりに囲まれてると』って、相当モテるんだね、波田中さん。吉野さんが言ってた『大人の付き合い』の意味がやっとわかった……)

割り切って関係を持てないのならやめておけ。そういう意味だったのだろう。

(でも、よかった。波田中さんが私を本気で好きなのに、私が吉野さんを好きになってしまったせいで、波田中さんを傷つけてしまったらどうしようって心配だったから……)

一樹の方はそれほど美渚に思い入れがあったわけではなかったのだ。なにしろ彼にとって、美渚は口直しのサラダにすぎなかったのだから。

(それにしても、高柳さん、『イモ女』はひどいなぁ……)

美渚は顔をしかめて、地下鉄の駅に向かう階段を下り始めた。そうしながらも、裏切られた悲しみや怒り、うぬぼれを自覚した情けなさよりも、安堵を感じていることに気づいた。

とはいえ、このままにしてはおけない。美渚はホームに降りてスマホを取り出し、画面を見ながら考え込んだ。

(なんてメールしよう)

一樹にとって美渚は本命ではなかったのだから、彼との関係を断ること自体はそれほど気が重いものではない。けれど、有華との会話を聞いてしまったことや、有華と歩いて行くのを見てしまったことを正直に伝えていいものか。悩んだあげくそれには触れないことにして、湊川公園駅に着いてからメールを打った。

『今日はもう帰られましたよね。遅くなってお会いできず、申し訳ありませんでした。改めてきちんとお話ししたいと思いますので、お時間のあるときに連絡をいただけないでしょうか？　よろしくお願いします』

送信して自宅に戻り、さらに三十分ほど待ったが、一樹からはメールも電話もなかった。

（ああ、そっか。高柳さんと一緒じゃ連絡しにくいよね）

美渚は待つのは諦めてメールアプリを閉じた。


翌月曜日は早番勤務で、美渚が更衣室で着替えているところに亜紀が出勤してきた。

「おはようございます、香月さん」

「おはようございます」

亜紀が美渚の左隣のロッカーを開けて、ハンドバッグを上の棚に置きながら美渚に話しかける。

「今日の早番はアルバイトさん二人との四人体制ですね」

「あ、そうですね」

土曜日に見たシフト表を思い出しながら、美渚は返事をした。有華と、彼女と同じ大学のアルバイトの富田真奈美が早番だ。

「店長は遅番Bでしたね」

美渚が言ったとき、有華と真奈美が更衣室に入ってきた。

「おはようございまーす」

二人が声を揃えて挨拶し、美渚と亜紀も同時に返事をする。

「おはようございます」

美渚の右隣で、有華が大きなあくびをした。

「有華ってば」

さらに右隣の真奈美に苦笑され、有華は小さく舌を出す。

「だってぇ、昨日、寝たの遅くってぇ」

「なになに、その嬉しそうな顔は！　もしかして……デートだった？」

真奈美に聞かれて、有華は嬉しそうに笑った。

「うふふー、わかるぅ？」

「前、彼に距離を置かれてるみたいだから、ガンガン押しまくることにしたって言ってたけど、その人よね？」

真奈美が声を潜めて言ったが、静かな更衣室では聞くまいとしても聞こえてしまう。

（ってことは、高柳さん、夜も波田中さんと一緒だったんだ）

美渚は昨日の一樹と有華の会話を思い出した。

有華が弾んだ声で言う。

「うん。彼、私と正反対のタイプの気になる人ができたらしいんだけど、その人に約束をすっぽかされたんだって」

「それで有華が呼び出されたの？」

「そうよ。だから、もうつまみ食いなんてできなくなるように、彼に私との相性のよさを思い知らせてやったの」

真奈美が「やるぅ」と言って有華の肩を自分の肩で押した。反動で有華がよろけて美渚にぶつかる。

「あ、ごめんなさーい」

有華がチラッと美渚を見て、意味ありげな笑みを浮かべて言う。

「香月さんは昨日の夜、どう過ごしてたんですかぁ？」

「えっと」

「デートじゃないですよねぇ？　もっと大事な用があったのかなぁ」

有華に下から顔を覗き込まれて、美渚はたじたじとなった。

（高柳さんは昨日、私が波田中さんと会う約束をしてたって知ってて……こんなふうに言ってるんだよね。すごいなぁ）

有華の神経の図太さに感心して、美渚がまじまじと見ていると、有華が挑むような目つきになった。

「なんなんですか」

「な、なんでもないです」

美渚はジャケットのボタンを手早く留めて、透明のトートバッグを取り出した。

「私、先に行きますね」

美渚はロッカーに鍵をかけて、ドアに向かった。背後から有華のクスクス笑いが聞こえてくる。更衣室を出て、バックヤードの出口前の鏡で身だしなみをチェックしていると、亜紀が追いついてきた。なにか考え込んでいるようで眉間にしわを寄せていたが、鏡の前の美渚に気づいて、いつもの穏やかな表情に戻った。

「一緒に行きましょうか」

亜紀に促され、美渚は彼女と一緒に店舗に向かった。ほかの洋菓子売り場にもチラホラと店員の姿が見られ、美渚と亜紀は「おはようございます」と声をかけながらラ・トゥールの売り場に着いた。有華たちが来るまで時間があるので、いつも通りショーケースの上のカバーを外し、二人でそれぞれ端を持って折りたたんだ。それを美渚が背後のカウンターの下にある箱に入れているうちに、有華と真奈美が店舗にやってきた。

「それじゃ、朝の挨拶をしましょうか」

亜紀が言って、厨房のドアをノックした。見習いパティシエが二人出てきて、最後に蒼介が姿を見せた。そのとたん、美渚の心臓がキュッとなった。

（昨日、吉野さんと……）

頬が熱くなる美渚とは対照的に、蒼介はいつもと同じような冷静な目をしている。

（波田中さんとは会わなかったって伝えたいけど……仕事中だもんね。今は考えないようにしよう）

美渚は背筋を伸ばして、亜紀に並んで立った。亜紀が挨拶を始める。

「みなさん、おはようございます。今日は月曜日で、新しい週が始まります。もうすぐ十一月になりますね。先週の水曜日から開催されている北海道物産展は今日までです。九階の催事場にはお客様が多く来店されると思います。秋の果物のほか、冬の果物を使った商品も並べ始めていますので、洋菓子フロアに来られたお客様には、ニーズに合った商品をオススメしてください。それでは、今日も一日よろしくお願いいたします」

亜紀に続いて、残る全員が「よろしくお願いいたします」と声を揃えた。そのあとそれぞれの持ち場に戻る。美渚がショーケースを拭いていると、見習いパティシエの一人が商品ののった板重を運んできた。

「プリンとゼリーです。お願いします」

「ありがとうございます」

美渚は消毒用アルコールで拭いた棚の上に商品を並べた。蒼介が運んでくるのを期待して厨房を見たが、次の板重を運んできたのもさっきの見習いパティシエだった。彼がカウンターの上に置いて、美渚に声をかける。

「ショートケーキとフルーツケーキです」

「ありがとうございます」

そうしていつものように開店前の準備を整え、接客十大用語を唱和して、三葉百貨店は開店時間を迎えた。

その日の昼食休憩は、真奈美が十二時に、続いて十二時半に有華が入った。一時になってから亜紀が昼食休憩に入ったが、一時十五分頃、売り場が落ち着いてきたのを見て、店長が美渚に声をかけた。

「香月さん、一番に行ってください」

「わかりました」

美渚はショーケースの前から離れ、カウンター下の貴重品入れからトートバッグを取り出した。厨房の横を通りがてら中を覗いたが、蒼介の姿はない。

(吉野さんも昼食休憩かも)

そう思うと鼓動が速くなる。

（でも、波田中さんに昨日遅れて会えなかったことをちゃんと謝って、今後は彼と二人きりで会うつもりはないって伝えるのが先だよね……）

バックヤードに戻り、ロッカーからパンの袋を取って、従業員用エレベーターに乗った。メールをチェックしたが、一樹からの返信はまだなかった。

（メールを見てないってことはないよね……）

面と向かってどう切り出すべきか悩みながら、エレベーターを降りて社員食堂に向かった。ドアから入って中を見回したが、一樹の姿はない。

（今日は来ないのかな）

そう思ったとき、窓際の席に座っていた蒼介と目が合った。会釈しようとした瞬間、彼に目をそらされた。そのそっけない仕草に胸が締めつけられるように痛む。ほかに空いている席を探そうとしたとき、蒼介の隣のテーブルに座っていた亜紀が、美渚を見つけて手を振った。

「香月さん、一緒に食べない？」

亜紀に声をかけられ、美渚は彼女のいるテーブルに近づいた。美渚が亜紀の前に座ろうとしたとき、蒼介がトレイを持って立ち上がった。美渚の隣を素通りして、返却口へと歩いていく。その背中を切ない思いで見送っていたら、亜紀にまた声をかけられた。

「香月さん？」

「あ、お疲れ様です」

美渚は椅子を引いて腰を下ろした。亜紀は持参した手作り弁当を食べている。

「毎朝お弁当を手作りしてるなんてすごいですね」

美渚が言うと、亜紀が小さく肩をすくめた。

「ダンナのお弁当も作らなくちゃいけないから、ついでね」

「お子さんのはいらないんですか？」

「ええ。保育園で給食が出るから」

「そうなんですね」

美渚が言ったとき、亜紀が内緒話をするように美渚の方に顔を近づけた。

「香月さん」

「はい」

「香月さんって高柳さんと仲いいの？」

亜紀の質問の意図がわからず、美渚は慎重に答える。

「ええっと、普通に同じ職場の同僚って感じだと思います」

「そう」

亜紀は迷うように一度斜め上を見てから、また美渚を見た。

「今朝の更衣室での高柳さんたちの会話、香月さんにも聞こえたわよね？」

「あー……と、聞くつもりはなかったんですけど……」

　美渚が言葉を濁すと、亜紀が「いいの、いいの」と左手を軽く振って続ける。

「高柳さんが付き合ってる相手、誰だか知ってる？」

　その質問にドキリとしたが、美渚が正直に答える前に、亜紀が言葉を発する。

「あんなふうに何度か更衣室で話してるのを聞いて、たぶん、営業の波田中さんだろうなって思ってるの」

「そ、そうなんですか」

　美渚がかろうじてそう返事をすると、亜紀がウィンナーを口に入れ、しばらくもぐもぐと噛んで飲み込んでから話を続ける。

「高柳さん、八月から入ってくれてるんだけど、波田中さんが来たときに露骨にアピールしてるのを何度も見たのよね……。だから、間違いないと思うのよ」

「高柳さんが波田中さんとお付き合いをしたらいけないんですか？」

　美渚の問いかけに、亜紀がため息をついて箸を下ろした。

「もめ事を起こさないでくれたらそれでいいんだけど」

　亜紀の言い方に引っかかるものを感じて、美渚は亜紀の顔を見つめた。

「もめ事、ですか？」

「そう。実はね、波田中さん……はっきり言っちゃうと、ものすごく女性に手が早いらしいのよ。高柳さんと付き合ってるのに、ほかの社員やアルバイトに同時に手を出さないでいてくれるといいいんだけど……」

亜紀は言って、美渚をじっと見た。

「香月さんは……大丈夫よね？」

美渚はギクリとしたが、どうにかうなずいた。

「それも心配だけど、もっと心配なことがあって」

美渚は黙ったまま亜紀の話に耳を傾ける。

「彼、一年前にこの神戸第二営業所に異動してくるまで、大阪第三エリア担当だったの」

「大阪第三エリア？」

「ええ。大阪の天王寺辺りのエリアなんだけど」

亜紀がコップのお茶を飲んで続ける。

「そのとき、担当エリアのデパ地下店の販売員と付き合ってたそうなんだけど、こともあろうに同じ店舗のパティシエールにも手を出したらしいの」

美渚は思わず目を見開いたが、昨日の一樹と有華との会話を思い出すと、それほど信じられない気はしなかった。

亜紀が話を続ける。

「さすがに店で修羅場になることはなかったんだけど、彼の二股が原因で、そのパティシエールの方が店を辞めちゃったそうなのよ」

「そんなことが……」

美渚は小さく首を振った。

「しかもそれだけじゃないの。そのパティシエールは、吉野さんがすごく目をかけてかわいがってたみたい」

「えっ」

蒼介の名前を出されて、美渚の鼓動が速くなった。

「吉野さんが卒業した専門学校で、二年前、卒業生による職場紹介みたいなイベントがあって、そのとき学校に行った吉野さんと在校生だった彼女が知り合ったんですって。で、それが縁で彼女はラ・トゥールに就職したそうよ。彼女、すごく吉野さんを慕ってたみたいで……二人が付き合ってたとかいう噂もあったみたい」

「吉野さんと後輩のパティシエールが……」

「まあ、その辺りの話は当事者に直接聞いたわけじゃないんだけど、とにかく波田中さんが原因で自分の後輩が退職したってことを、吉野さんはよく思ってないんじゃないかなと思って」

そのとき美渚はハッとした。レモンとマンゴーのタルトの味見係をした日、蒼介が一樹に『あんたのことはいろいろと知っている』と言っていたのは、今、亜紀が言ったことを意味していたのだ。

「だから、もし波田中さんが高柳さんと付き合ってるって知って、吉野さんがかつての報復とか仕返しとかで、波田中さんから彼の恋人を奪おうなんて考えたら……職場が修羅場になるかなって……」

亜紀が重いため息をついた。美渚の頭の中には、亜紀の『波田中さんから彼の恋人を奪おうなんて考えたら』という言葉がこだましていた。

(吉野さんは……私が波田中さんと会うと知って……私が波田中さんの恋人だと思ったの……？　だから、あんなふうに私に……？)

美渚は思わず自分で自分の腕をギュッと抱きしめた。彼にされた熱いキスを思い出すだけで、胸が、体が熱くなるのに、それは彼にとって一樹への報復にすぎなかったのだ。

「そんな……」

美渚が呆然とつぶやいたのを聞いて、亜紀があわてて両手を振って言う。

「あ、でも、私の考えすぎかもしれないし。研修で知り合いになった天王寺店の女性が、私が波田中さんの異動先の店舗に勤めてるって知って、教えてくれただけだから。それに、吉野さんだってそんなことをするような人には見えないし……」

「そうですね……」

美渚は相槌を打ちながらも、上の空だった。『波田中さんのところに行かせたくない』と蒼介が言ったのは、美渚を好きだったからではなかったのだ。あの身も心も蕩けるような激しいキスには、熱い想いがこもっていたわけではなかったのだ。

その事実を知らされ、美渚の胸がどうしようもなく苦しく痛んだ。亜紀に不審に思われないよう、震えそうになる手を必死に抑えてサンドウィッチの包みを開けた。そして、込み上げてくる涙をごまかすようにかじりつく。

「あー……マスタードがききすぎ……」

美渚はつぶやいて、にじんだ涙を拭った。

第十三章　女たちの修羅場

その日の三十分休憩は蒼介と一緒にならなかった。社員食堂には十五分早く休憩に入っていた有華と真奈美がいて、有華は相変わらず嬉しそうに恋人のことを話している。

「彼の余裕のあるところが大人でステキだなって思うの」

有華の言葉を聞いて真奈美が問う。

「余裕のあるところ？」

「そう。おいしいレストランもおしゃれなバーも知ってて、どんなリクエストにもスマートに答えてくれるし。レディーファーストだってものすごく自然にしてくれるの。うちの大学の男子が全員お子様に思えるくらいよ。さすがに十歳違うと大人だわー」

有華がうっとりした表情で言った。

「ねえ、有華。付き合ってることはみんなに秘密にしてってって彼に言われてるって話してたけど、私には彼が誰なのか、そろそろ教えてくれてもいいんじゃない？　彼の本命になったんでしょ？」

「そうよ、私が本命よ」

有華が得意げに言った。

「ねぇ、教えてよ。私の知ってる人？」

「うん。当ててみて。歳を聞いたんだし、もうわかるでしょ？」

真奈美が有華に耳打ちし、有華がうなずいて真奈美が「きゃー」っと声を上げた。

美渚はその横を通って、隣のテーブル席で手元の書類を見ている一人の女性に近づいた。

「本社の藤野（ふじの）さんですか？」

美渚の問いかけに、縁なし眼鏡をかけたその女性が書類から顔を上げた。

「そうです。香月さんですね？」

「はい」

「どうぞ」

前の席を示されて、美渚は彼女の前に座った。

「異動のときに書いていただいた書類に不備があったので、お持ちしました。こちらに記入をお願いします」

美渚は差し出された書類を受け取り、必要な箇所にボールペンで書き込んだ。書類を返しながらさりげなく尋ねる。

「今日は波田中さんはいらっしゃらないんですか？」

「はい。今日は研修会に出席していますので。伝言があるのでしたら、お預かりしますが」

藤野に訊かれて、美渚はあわてて答える。

「いいえ、大丈夫です」

「そうですか。それではこれで」

藤野はそう言うと、書類を茶封筒に入れて立ち上がった。

「お疲れ様でした」

美渚はぺこりと頭を下げた。藤野は美渚に会釈をして、楽しそうに話している有華の方をチラリと見てから、食堂を出ていった。

(波田中さん……今週は来ないんだ。メールに返事をくれないってことは、私のことはもうどうでもよくなったのかな？　それならそれでいいけど、でも、このままうやむやにするのはすっきりしないし……きちんと話をした方がいいよね。夜、電話をしてみようかな……。でも、メールを無視されてるくらいだし、出てくれないかも……)

「あー、もう」

どうしていいかわからず、美渚はテーブルに両肘をついて頭を抱えた。気分転換に食べようと思って、休憩時間に栗のたっぷり入ったガトー・オ・マロンを買ったのだが、それさえ食べる気力が湧かなかった。

その日の勤務後、美渚は更衣室でのろのろと着替えながら、深いため息をついた。蒼介のことを好きだと気づいてしまったのに、彼は美渚が好きだからキスをしてくれたわけじゃなかったのだ。仕事中はどうにか保っていた気力も体力も、勤務が終わると尽きてしまった。

（かわいがってたパティシエールが波田中さんに二股かけられて仕事を辞める羽目になってしまったことに怒ってる、みたいに村木さんは言ってたけど……）

美渚はハーバーランドのイタリアンレストランで蒼介が垣間見せた寂しげな表情を思い出した。『ただの後輩だった』と言っていた相手が、もしかしたそのパティシエールだったのでは、という気がしてきた。

（根拠があるわけじゃないけど……）

美渚の隣では有華と真奈美が楽しそうに笑い合いながら着替えている。

（波田中さんの本命が高柳さんだって知ったら……吉野さん、高柳さんにあんなふうに迫ったりキスしたりするのかな……）

それを考えたとたん、胸が焼けるような激しい嫉妬を覚えた。

（そんなのヤダ。ヤダヤダ）

美渚は湧き上がってくるドロドロした感情をやり過ごそうと、下唇を噛みしめながらロッカーを閉めた。ガトー・オ・マロン入りのケーキボックスの入った紙袋を持ち、有華と真奈美に声をかける。

「お先に失礼します」

「お疲れ様でーす」

有華たちの声を聞きながら、美渚は更衣室を出た。階段を上って従業員通用口から外に出る。

（吉野さんの作ったケーキを食べたら……泣いてしまいそう）

ラ・トゥールとフランス語でプリントされた紙袋を持ち上げたとき、美渚の目の前に一人の女性が立ちふさがった。ライトグレーのスーツを着たすらりと背の高い三十歳くらいの女性で、きりっとした美人だが、両手を腰に当てて美渚を鋭い目で睨んでいる。

（誰……？）

怪訝そうに見返した美渚に、女性が険しい口調で問う。

「ラ・トゥールの高柳有華ってあなた？」

女性のただならぬ雰囲気に、美渚は見ず知らずの相手に同僚のことを教えてはいけないと感じ、慎重に答える。

「失礼ですが、あなたは……？」

「私は波田中一樹の恋人の井原沙希子（いはらさきこ）よ」

「波田中さんの恋人……？」

（波田中さんの恋人って、高柳さんじゃなかったの⁉）

美渚はわけがわからず、沙希子と名乗った女性をきょとんと見つめた。沙希子は美渚に一歩詰め寄る。

「とぼけないでよねっ。一樹が最近全然会ってくれないと思ってたら、ほかの女と浮気してたなんてっ。あなたがその浮気相手なんでしょ⁉　あなたが得意げに話してるのを貴子(たかこ)が聞いたって言ってたわよ！」

「貴子……？」

ますますわけがわからず、美渚は首をひねったままその場に立っていた。沙希子の方はそんな美渚の反応を見て、ヒートアップする。

「藤野よ、藤野貴子！　今日、神戸店に用があって社員食堂にいたら、あなたが自分は一樹の本命だって話してるのを聞いたって！」

その言葉でようやく事態が呑み込めた。三十分休憩のときに会った藤野が、有華たちの話を聞いて、この井原沙希子という女性に一樹がほかの女性と付き合っているという話をしたのだ。

「でも、『最近全然会ってくれない』ってことは、あなたと波田中さんは、残念ですけど、もう……」

美渚の遠慮がちな言葉に、沙希子が嚙みつくように言う。

「彼とは七ヵ月前から付き合ってるの！　あなたは八月から来たアルバイトでしょ⁉　あ

とから来て彼を盗らないで」

「あー、えっと」

どうにか落ち着いてもらおうと美渚が胸の前で両手を挙げたとき、従業員通用口の方から女性の話し声が聞こえてきた。聞き覚えのある声に嫌な予感を覚えたとたん、有華と真奈美が姿を現した。

(うわぁ、タイミング最悪)

美渚が二人に気を取られたとき、沙希子が大きな声を出す。

「とにかく一樹に迫るのはやめて。迷惑なの！」

その声を聞いて、有華がピタリと足を止めた。

「一樹？　一樹って波田中さんのこと？」

有華が美渚を見た。

(ああ、もう！　私たちのことなんか気に留めずにさっさと帰ってくれたらよかったのに〜)

美渚はどうしていいかわからず、ただでさえ下がり気味の眉をさらに下げておろおろする。

そんな彼女に、有華が厳しい声で尋ねる。

「ちょっと、この人誰よ」

「あ、えっと、誰……って……井原沙希子さん」

美渚は小さな声で答えた。

「ラ・トゥール本社総務課勤務の井原沙希子よ。あなたが何人味方を並べたって、私、絶対に一樹のことは譲らないからねっ！」

沙希子の言葉を聞いて、有華が「は？」と大きな声を出した。

「譲らないって、あんた、なに言ってんの？　一樹の恋人は私よ」

「なんですって、誰よ、あんた」

沙希子が有華に向き直った。その有華の隣では真奈美も同じように沙希子を睨んでいる。女性が四人も集まって険悪なムードを醸し出していれば、否が応でも注目が集まる。通りかかった別の売り場の従業員がチラチラと好奇心に満ちた視線を向け始め、中には立ち止まって見物する者も出てきた。

そんな視線を気にする様子もなく、沙希子は有華に激しい口調で迫る。

「高柳有華はあんたなのねっ⁉」

有華も負けじと強い口調で返す。

「だったらどうだって言うのよ！」

（どうしよう……）

美渚が困り果てて三人の顔を交互に見ているところに、蒼介が通用口から出てきた。四人の表情と、彼女たちを遠巻きに見ている野次馬たちを見てから、美渚に声をかける。

「なにがあった?」

美渚は泣き出しそうな顔で蒼介を見た。

「あの、本社の井原沙希子さんって方がいらして、最初、私のことを高柳さんだと勘違いして……。井原さんが波田中さんの恋人は私だっておっしゃってるところに、高柳さんが出てきて……」

美渚が蒼介に事情を説明している間にも、沙希子と有華は激しく言い争いをしている。

「子どものくせに大人の恋に割って入らないで!」

「なに言ってんのよ! あんたに大人の魅力がないから、一樹に飽きられたんでしょっ」

「なんですって! 生意気ね!」

今にもつかみかかりそうな沙希子と有華を見て、美渚はおろおろする。

「どうしよう、なんとかしなくちゃ」

美渚が有華に声をかけようとしたが、それより早く蒼介が美渚の肩に手を置いた。

「落ち着いて話さないことには埒が明かない。とりあえず場所を変えた方がいい」

蒼介は美渚に言ってから、有華たちに近づき、よく通る声ではっきりと話しかける。

「みなさん、ここだとほかの従業員の方の邪魔になりますよ。場所を移しましょう」

「あなた誰よ」

沙希子のトゲのある眼差しにもひるまず、蒼介は穏やかな声で答える。

「ラ・トゥール神戸店主任パティシエの吉野と言います。波田中さんの同期ですよ」

その最後の言葉が効いたのか、沙希子の目つきが和らいだ。

「東遊園地へ行きましょう」

蒼介が促すように東の方向を手で示した。真奈美がどうする、というように有華を見たので、美渚はすかさず有華に話しかける。

「ここで話していてはほかの方の迷惑になりますから。ほら」

美渚が視線で野次馬を示すと、有華が沙希子の方をチラッと見た。沙希子が有華を睨んだので、美渚は間に入る。

「井原さんも。お願いします」

沙希子の肘に軽く触れて促すと、彼女は蒼介に続いて歩き出した。美渚は蒼介の存在に安心感を覚えながら、有華と真奈美に続いた。ビルの間に見え隠れする背の高い神戸市役所を目印に、その南側にある緑豊かな公園を目指して最後尾を歩く。

すぐに蒼介が歩く速度を緩めて美渚に並んだ。

「波田中さんの電話番号わかるよね？」

蒼介に小声で問われて、美渚はうなずいた。

「はい」

「番号教えて」

美渚はハンドバッグからスマホを取り出し、一樹の番号を表示させた。蒼介は自分のスマホを取り出してその番号を打ち込み、耳に当てた。どうする気だろう、と思いながら美渚が見守っているうちに、一樹と電話がつながる。

「もしもし、波田中さん？　吉野です」

一樹の声が漏れ聞こえてきたが、美渚にはなにを言っているのかわからなかった。

「緊急の話があるので、今すぐ東遊園地に来てほしい」

一樹が渋っているらしく、蒼介の表情が険しくなる。

「用件って言われてもなぁ……」

蒼介が前を歩く三人を見てから美渚に視線を移した。

「美渚のことだって言ったらどうする？　大切な話があるんだ」

「え？」

蒼介に名前を出されて、美渚は思わず声を上げた。蒼介がしっと言うように人差し指を立てて自分の唇に当てる。

「あんたが来ないなら、美渚を俺のものにする。それでもいいのか？」

蒼介が脅すような低い声で言うと、一樹があわてた声でなにか言っているのが聞こえてきた。

「あんたは惜しげもなく捨てるくせに、人に盗られるのはイヤなんだな」

蒼介が嘲るように言って電話を切った。そうして気まずそうに視線をそらした。

（そうだよね……。吉野さんは私が波田中さんのものだと思ってるからあんな言い方を……）

美渚は切ない思いで頭を垂れ、歩道のタイルを見ながら歩いた。

それから十分ほど歩いて横断歩道を渡れば東遊園地だ。そこは遊園地と呼ばれるものの、いわゆるアミューズメントパークとは違って、もとは外国人専用の運動公園として造られたものだ。噴水や彫刻のある都会のオアシス的な公園で、一九九五年に起こった阪神・淡路大震災の追悼行事が行われる会場の一つにもなっている。

蒼介が再び先頭を歩き、東遊園地の噴水の前で足を止めた。

「波田中さんを呼びました」

蒼介の言葉を聞いて、有華と沙希子が睨み合った。

「絶対私の方が本命なんだから」

有華が腕を組んで沙希子に言った。沙希子がイライラした口調で言う。

「あとから来て人の彼氏に手を出すなって言ってるでしょっ！　この最低女っ」

「盗られる方が悪いのよっ、年増ババア」

「失礼ねっ。私と一樹は同い年よ！　あんたみたいなうざいガキに、一樹が本気になるわけないわっ！」

「はっ、よく言うわよ。あんたなんか中学で発育が止まったんじゃないの⁉　そんな寸胴じゃ、一樹にも飽きられるわよっ」

「うるさい、黙れ！」

ドラマでも見たことのないような修羅場で、普段聞いたことのないような罵詈雑言が飛び交う。見かねて美渚が割って入ろうとしたら、今度は矛先が美渚に向いた。

「一樹はまだ来ないの？　あんたたちなんかが呼んでもダメなんじゃない⁉」

沙希子の剣幕に押されて、美渚はか細い声で答える。

「えっと、営業所にいらっしゃるなら、もう間もなく来ると思うんですけど……」

「もういいわ、私が呼ぶ」

有華がショルダーバッグからスマホを取り出したとき、一樹が歩道を急ぎ足で歩いてくるのが見えた。蒼介が一樹に歩み寄ったが、一樹は蒼介の背後に有華と沙希子を見つけて、凍りついたように立ち止まった。

「なんで二人がここに」

一樹が呆然とつぶやき、沙希子がわあっと泣き声を上げた。そうして彼に駆け寄り、スーツの腕にすがりつく。

「私、妊娠してるのよっ！」

沙希子の叫び声に、その場の空気までも凍りついた。

「え、待って。俺は……吉野さんに呼ばれて」

一樹が不測の事態に動揺を隠せず、青ざめた顔で蒼介を見て続ける。

「どういうことだよ……話が違う……」

「あでも言わなきゃ、あんたは来なかっただろ」

蒼介が目を細めて一樹を見た。沙希子の妊娠の話に驚いているのかどうかは、その挑むような表情からはわからない。

「や、でも、俺……妊娠とか急に言われても……」

一樹は覚えがないというように両手を小さく挙げたが、沙希子は彼の腕をつかんだまま叫ぶように言う。

「一樹の子よ！　二ヵ月前に最後にしたときの！　覚えてるでしょっ」

「だって、俺……ちゃんと避妊して……」

「百パーセント確実な避妊法なんてないのよっ」

沙希子が涙をこぼしながら言った。

「えええ……っ」

一樹は百パーセント困惑した情けない顔で、今まで見たことがないくらいうろたえている。それを見て、有華がこれ見よがしに大きなため息をついた。

「ダッサ。最悪。一樹がこんなにかっこ悪い人だったなんて。あーあ、幻滅。私、もう帰る」

有華がさっさと歩き出し、真奈美が「待って！」とあわててあとを追いかけた。

美渚が沙希子の衝撃的な告白になにも言えないでいると、沙希子が涙を拭って美渚を見た。けれども、その瞳は見る間に涙でにじんでいく。

「あ、あなたも一樹と付き合ってるの？　でも、私、この子のためにも一樹のことは絶対に譲らないから！」

沙希子がまだ膨らみのわからないお腹に、大事そうに両手を当てた。

「私は……」

美渚は言いかけて口をつぐんだ。一樹にキスされたが、彼はほかの女性とも付き合っていたのだ。美渚が本命だったはずはない。だったら、彼女を傷つけるようなことは言わない方がいい。

そう思って、美渚は精一杯の笑顔を作って蒼介に並んだ。

「井原さんは誤解されてますよ。私の好きな人は彼なんです」

美渚は蒼介を見上げて、話を合わせて、と目で懸命に訴えた。蒼介が小さくうなずき、左手を美渚の肩に回して抱き寄せた。

「これから一緒に食事に行く予定だったんです。俺たち、もう行っていいですよね」

蒼介の言葉を聞いて、沙希子が決まり悪そうな表情になる。

「そ、そうだったんですか……。ごめんなさい。私、貴子の話を聞いて頭に血が上って……無我夢中で押しかけてきてしまいました。ラ・トゥールの紙袋を持っていたから、あなたが高柳さんなんだと思い込んで……とんでもないことを。本当にごめんなさい。あの、あとは……二人で話し合います」

「そうしてください。では、私たちはこれで」

美渚は一樹の方を見た。彼はいまだにショックから立ち直れていない様子だったが、唇を引き結んでうなずいた。

「行こう」

蒼介は美渚の肩を抱いたまま歩き出した。一樹の横を通り抜けざま、彼になにかささやき、それを聞いて一樹が苦い笑みを浮かべた。

なにを言ったんだろう、と美渚は蒼介を見上げたが、彼の横顔はなんの感情も浮かべていなかった。そのまま市役所の前の通りを歩いて、一樹たちから完全に見えない場所に来たとき、蒼介は美渚の肩から手を離した。

「ありがとうございました」

美渚は修羅場から解放されて肩の力を抜いた。美渚が大きく息を吐いたのを見て、蒼介が心配顔になる。

「本当にあれでよかったの？」

「はい」

有華が一樹に幻滅してあっさり帰っていったのは、今までの流れを考えると嬉しい誤算といえる。有華にも美渚のことはバラされなかったのだから、わざわざ美渚が沙希子に言う必要はない。

「香月さんがかわいそうだ」

蒼介がいたわるように美渚の両肩をそっとつかんだ。

「いいよ、泣いて。俺でよければ胸を貸すから」

「え？」

美渚は怪訝に思って蒼介を見上げた。彼はつらそうに顔をゆがめている。

「昨日は波田中さんと幸せな誕生日を過ごしたんだろ？　それなのに今日こんなことになって……俺を好きなふりしてまで身を引くなんて……」

蒼介が言って美渚をそっと抱き寄せた。彼の胸の中に閉じ込められたとたんに鼓動が大きくなって、ドキンドキンと頭に響く。

「私……昨日は波田中さんと会ってません……」

かろうじて発した美渚の声に、蒼介が「えっ」と体を起こし、美渚の顔を覗き込んだ。

「波田中さんは昨日の夜、高柳さんと過ごしたんです」

「俺が足止めしたせいか……！」

　蒼介の表情が罪悪感と申し訳なさの入り交じったものに変わった。

「ごめん。波田中さんは初デートで必ず寝るって話で……香月さんとはまだだってことは、波田中さんは香月さんを大切にしようとしてるんだと思ったんだ。だから、俺が二人の間を裂いてはいけないと考え直した。でも、俺のせいで待ち合わせに遅れて……そんなことになっていたなんて……。謝っても謝りきれない」

「いえ、いいんです」

　美渚自身、一樹と会っても彼と一夜を過ごすつもりはなかった。仮に会っていたとしても、美渚に振られた一樹は、きっと有華を呼び出したことだろう。そうなれば、どのみち沙希子は今日、有華を訪ねてきたはずだ。それをどう伝えようか美渚が思案していると、蒼介が必死な面持ちで言う。

「香月さんの気持ちが少しでも軽くなるのなら、なんだってする。飲みにでもなんにでも付き合うよ。行きたいところや食べたいものがあったらなんでも言ってほしい」

（どうしてそんなに親身になってくれるの？）

　黙ったまま見つめ返す美渚に、蒼介が畳みかける。

「香月さんのために俺にできることがあれば教えてほしい」

（そんなに一生懸命に言ってくれるのは、私を足止めした罪悪感からなんだよね……？）

たとえそうだとしても、彼と少しでも長く一緒にいたい。その一心で美渚は言う。

「じゃあ、フォンダンショコラを作ってください」

美渚の言葉に、蒼介が一度瞬きをした。

「今から？」

「はい。食べたいものがあったらなんでも言ってって言ってくれましたよね？」

「そうだけど……居酒屋でやけ酒とかじゃなくていいの？」

「はい。私、吉野さんの作ってくれた焼きたてのフォンダンショコラが食べたいんです」

「えっと……」

蒼介が困惑したようにつぶやき、右手で前髪をくしゃりと掻き上げた。

「それは……俺の部屋で、ということになるけど、かまわないかな？」

「はい。ぜひお願いします」

「……わかった。じゃあ、こっち」

蒼介が言って地下鉄の駅の方へ体を向け、美渚は彼と並んで歩き始めた。

第十四章　恋はビターのちスイート

　蒼介の部屋は県庁前駅に近い七階建てマンションの二階にあった。彼がドアを開けるのを見ながら、好きな人のプライベート空間に入れるのだと思って、美渚はドキドキしてきた。

「お邪魔します」

　小声で言って玄関で靴を脱ぎ、蒼介に続いて部屋に入った。ライトブラウンの廊下を抜けた先がリビング・ダイニングで、廊下と同色のフローリングとベージュのソファ、カーテンがすっきりとして開放的だ。リビングの横はカウンター式キッチンになっている。

「吉野さんって……一人暮らしですよね？」

　１ＬＤＫのその部屋を見て、美渚は瞬きをした。

「そうだよ。仕事柄、キッチンだけは充実させたくて。ワンルームだとコンロが一つ口だったり、狭くてガスオーブンを置けなかったりするだろ」

　蒼介が言いながらダッフルコートを脱いでソファの上に無造作に置いた。

「テキトーに座ってて。四十分くらいかかるから」

「見ててもいいですか？」

美渚の問いかけに蒼介はかすかに眉を上げたが、「好きにすれば」と答えた。ネイビーのスキニーパンツとブラックのVネックニットの上から、生成りのカフェエプロンを巻き、ニットの袖を引き上げる。

美渚はコートを脱いでソファの背にかけ、キッチンと向き合うように置かれたカウンターのスツールに腰を下ろした。頬杖をついて、蒼介がチョコレートを刻む様子を見守る。

彼は刻んだチョコレートをボウルに入れて、温めた生クリームを少しずつ加えながら、小ぶりの泡立て器で混ぜ始めた。そこへ柔らかくしたバターを加えて溶かす。それをバットに流し入れて、一人暮らしにしては大きな冷蔵庫に入れた。

「今のがガナッシュですね？」

「そう。本当は粗熱を取ってから冷蔵庫に入れたいところだけど、今日は急ぐから」

蒼介は小さく笑って、今度はさっきよりも色の濃いチョコレートを刻み始めた。

「生地にはカカオ六十パーセントのチョコレートを使うんだ」

「だから、生地はほんのりビターなんですね」

蒼介がうなずき、刻んだチョコレートをバターとともにボウルに入れて湯煎にかけた。別のボウルに卵黄だけを入れて溶き、グラニュー糖を加えて泡立て器ですり混ぜ、そこにさっき溶かしたチョコレートとバター、続いて温めた生クリームを加えて混ぜる。

（絵になるなぁ）

少しうつむいた真剣な表情が凛々しくて、美渚はほれぼれしながら見つめる。

次に彼は卵白にグラニュー糖を入れて、泡立て器でメレンゲを作り始めた。

「電動の泡立て器は使わないんですか？」

美渚の問いかけに、蒼介が手を動かしながら答える。

「ああ。家にいるときは仕事じゃなくて趣味として作りたいから」

（電動だと会社の厨房にいるみたいな気分になるのかな）

そんなことを思いながら、美渚は蒼介の作業を見守った。彼はチョコレートの生地に半量のメレンゲを入れて混ぜ、薄力粉とココアパウダー、アーモンドパウダーを合わせて振るったものを加えた。そこへ残りのメレンゲを加えて軽く混ぜ合わせれば、生地はできあがりだ。

（さすがに手際がいい！）

感心している美渚の前で、蒼介がバターを塗った四つのセルクル型を天板にのせ、型の半分まで生地を流し入れた。冷蔵庫からガナッシュを出してカットし、生地の上に置いて、その上からまたチョコ生地を流し入れる。それをオーブンに入れてタイマーをセットした。

「あとは十五分待てばできあがりだ」

蒼介が言って軽く両手をはたいた。その音が消えると、あとはオーブンが立てる低くうなるような音しか聞こえなくなる。

沈黙に居心地が悪くなったのか、しばらくして蒼介が口を開いた。

「なにか……飲む？　ビールならあるけど」

「あー、じゃあ、コーヒーをお願いできますか？」

美渚の返事を聞いて蒼介が眉を寄せる。

「アルコールじゃなくていいの？」

「はい」

「そう」

蒼介がカウンターの上のコーヒーメーカーに粉と水を入れてセットした。ほどなくしてコポコポとコーヒーの落ちる音が聞こえ始め、芳ばしい香りが漂い始める。

美渚はおずおずと口を開く。

「今日は……ありがとうございました。私一人じゃあの場を収められませんでした」

「別にたいしたことはしていない」

蒼介はぶっきらぼうに言って顔を背けた。またしばらく沈黙が続き、美渚はずっと気になっていた疑問を言葉にした。

「吉野さんは……私が波田中さんの本命じゃなかったってわかって……がっかりしましたよね？」

「どういう意味だ？」

　蒼介が怪訝そうに美渚を見た。美渚は視線を膝の上に落とし、指先をもじもじと絡めながら言う。

「だって……吉野さんは、波田中さんから恋人を奪いたかったんですよね？」

「なんだって？」

　蒼介の表情が険しくなった。

「吉野さんは、波田中さんが二股かけたせいで後輩の女性が仕事を辞めたことを怒ってて、波田中さんに仕返しがしたかったんでしょう？」

「なんだ、それ。いったい誰がそんなことを言ったんだ？」

　蒼介の口調が不愉快そうになったので、美渚はドギマギしながら言葉を濁す。

「あー、えっと派遣社員の人が……研修で天王寺の店舗の人と会ったときに聞いたって……。吉野さんは私が波田中さんの本命だと思ったから、私に……あんなふうに……キスしたんですよね……？」

「違う」

　蒼介が大きな声を出したので、美渚はびっくりして顔を上げた。彼はキッチンカウンターに両手を置いて、身を乗り出すようにして美渚を見ている。

「なにが違うんですか？」

「あんたにキスしたのは、そんな理由からじゃない」

「だって、仕事を辞めたパティシエールは吉野さんの恋人だったんじゃないんですか？ 吉野さんは彼女を波田中さんに盗られたんですよね？」

「そうじゃない。彼女とはまだ付き合っていなかった。配属された店舗は違ったけど、俺をすごく慕ってくれて、何度か一緒に食事に行って……付き合ってほしいと言われた。でも、彼女は就職したばかりだったし、仕事に専念してほしいって気持ちもあったんだ。だから、彼女の仕事が落ち着いたら付き合おうって答えた。俺は彼女を見守っていたつもりだったけど……」

蒼介が苦い笑みを浮かべて続ける。

「彼女は波田中さんと知り合って、彼に甘い笑顔で優しい言葉をかけられて……たった一度食事に行っただけで彼と寝たんだ。それを俺に自慢げに話したあと、『吉野さんにもあんなふうに積極的に迫ってほしかった。でも、これからはただの先輩に戻ってくださいね』って。だが、そのあと実は波田中さんにはほかに付き合っている女性がいることがわかって……いろいろあってもうラ・トゥールにいたくない、と思ったらしい」

蒼介がため息をついた。

「そうだったんですか……」

「そのころにはもう彼女のことはなんとも思わなくなっていた。でも、同じ専門学校の卒業生で同じ志を持っていたと思っていたから、彼女が辞めてしまったことは残念だったよ。でも、それで波田中さんを恨んだりはしない」

「じゃあ、どうして……」

私にキスしたんですか、と訊こうとしたとき、電子音が鳴って、オーブンがフォンダンショコラの焼き上がりを知らせた。部屋の中には、いつの間にか芳ばしく焼けたチョコレートの香りが広がっている。

蒼介が布巾を使って天板を取り出し、コルクマットの上に置いた。セルクル型からはふんわりと焼き上がったココア色の生地が見えている。彼はそれを網の上に並べた。

「先にコーヒーを入れよう」

蒼介が二つのカップにコーヒーを注ぎ、一つをソーサーにのせて、ミルクとスティックシュガーとともに美渚の前に置いた。フォンダンショコラをセルクル型から出して白い丸皿の上に置き、茶こしでシュガーパウダーを振りかけ、フォークを添えてコーヒーの横に並べた。

「わあ、いい匂い。ありがとうございます」

蒼介がカウンターを回って美渚の隣のスツールに浅く腰を下ろした。美渚はワクワクしながら彼を見る。

「いただいてもいいですか？」

「出来たてを食べたいって言ったのは香月さんだろ？」

「そうでした。では、遠慮なくいただきます」

美渚はフォンダンショコラにそっとフォークを入れた。柔らかな生地が割れて、溶けたガナッシュがトロ～リとあふれてくる。

「うわぁ」

口に運ぶと、ほろ苦い生地に濃厚なガナッシュが絡んで絶品だ。

「幸せ～」

美渚がうっとりして言うと、蒼介が自分のフォンダンショコラをすくいながら美渚に尋ねる。

「本当に幸せ？」

「はい！」

「無理しなくていいのに……」

蒼介に言われて彼の方を見ると、彼はいたわるような目をして美渚を見つめていた。

「無理なんかしてません。母にまだ恋人ができないのかって言われてるところに、波田中さんに食事に誘われて……嬉しくなって……イケメンと食事に行けて嬉しい、という気持ちを好きという気持ちと勘違いしてたんだと思います」

そのことが恥ずかしくて、美渚は言葉を切って続きを食べ始めた。大好きなフォンダンショコラ――それも大好きな人が作ってくれたもの――を食べているうちに、今日あった嫌なことがすべて溶けて流れていくようだ。

美渚はふと顔を上げて蒼介を見た。

「吉野さんって……フォンダンショコラみたいですね」

「また不思議なことを。昨日は和風味に喩えたのに、たった一日で洋風味に変わるのか」

蒼介が苦笑した。

「だって、見た目は飾り気がなくてそっけないのに、内面はすごくあったかいんですもん」

「悪かったな」

蒼介がぶっきらぼうに言った。

「褒めてるんですよ」

美渚がフォンダンショコラを口に運ぶのを見ながら、蒼介がつぶやく。

「俺はただ、あんたの笑顔を守りたかったんだ」

「え？」

「あんたが波田中さんに話しかけられて、純粋に嬉しそうにしてるのを見て……波田中さんに傷つけられないように、あんたの気持ちを冷まそうといろいろときついことを言った」

「じゃあ、私にキスしたのも、波田中さんへの気持ちを冷ますため……？」

蒼介がうなずいた。

「ひどい」

美渚はフォークを置いてスツールから立ち上がった。

「気持ちのこもってないキスなんて……つまみ食い目的の波田中さんと変わらないじゃないですかっ」

「待て、違う」

蒼介が美渚の左腕をつかんだ。

「違いませんっ。好きじゃないならキスなんかしないでほしかった！」

美渚は蒼介の手を振り払おうとしたが、彼の力の方が強かった。両腕をつかまれ、顔を覗き込まれる。

「気持ちはこもってる。好きじゃないならキスなんかしない」

「どうして？」

美渚は混乱してきた。

「オレンジと洋梨のシャルロットを食べているあんたの笑顔を見てから、あんたのことがずっと気になっていた。そして、自分がそんな気持ちになるのは、あんたが波田中さんにちょっかいを出されているからなんだと思ってた。でも、違った。昨日、あんたが波田中さんに会いに行くと知って……行かせたくないと思った。あんたの気持ちを波田中さんから奪いたいと思ったんだ」

蒼介が優しい口調になって続ける。

「それは……美渚を好きだからなんだよ」

美渚は瞬きするのも忘れて彼を見つめた。

「ホント……に？」

「美渚が信じられないと言うのなら、何度だって言う。美渚が好きだ。誰よりも好きだ」

蒼介の言葉を聞いて、美渚の目がみるみる潤んだ。

「私……フォンダンショコラを落としてしまった日から、吉野さんのことが気になって……昨日は吉野さんとデートできて嬉しかったんです。それなのに、あのときのキスが嘘だったんだと思って……すごく悲しくて……」

「嘘なんかじゃない」

蒼介は立ち上がって美渚を抱き寄せた。見上げた彼女の唇にそっとキスを落とす。美渚が目を閉じた拍子に涙が頬を伝ったのに気づいて、目尻にそっと口づけ、涙をチュッと吸い取った。

「悲しい思いをさせてごめん」

蒼介がささやいた。

「謝らないでください。私も……自分の気持ちに気づかなくて遠回りしてしまったから」

笑顔を作った美渚の唇に、再び蒼介の唇が重なった。後頭部に彼の手が回され、引き寄せられて、キスが深くなる。

「ん……」

彼の手が後頭部からうなじへと滑り降りた。柔らかなタッチで首筋をなでられて、美渚の背筋が小さく震える。

「ふ……」

唇から彼の唇が離れたかと思うと、すぐに首筋に押し当てられた。舌先でそっと舐められて、体の奥深くが疼くように熱くなる。

「そこ……ダメ……」

「ホントにダメ?」

蒼介に耳元でささやかれ、彼の熱い息がかかって、もう腰が砕けそうだ。

「だって……なんだか……もう……」

美渚は喘ぐように言った。体の中で膨れ上がる切ないような疼きを持て余し、蒼介の腕に手を伸ばしてすがりつく。

「俺に任せてくれるか」

強い眼差しで見つめられ、美渚は小さくうなずいた。

「は、い」

蒼介は腰をかがめて、美渚の膝裏をすくい上げるようにしながら横抱きに抱え上げた。

「きゃ」

小さく声を上げた美渚の唇に軽く口づけ、蒼介は彼女をリビング・ダイニングと隣り合うベッドルームへ運んだ。シーツの上に寝かせると、美渚の顔を囲うように両側に肘をついて覆い被さる。

「美渚、好きだよ」

蒼介が低く甘い声でささやき、髪を梳くようにしながら後頭部に手を回して引き寄せた。唇に触れては離れ、離れては触れて、ついばむように優しくキスを繰り返しながら、彼の手が首筋からゆっくりと滑り降りていく。ニットの上から胸を包み込まれ、美渚は小さく声を漏らした。

「ひゃ……」

その唇の隙間から蒼介の舌が差し込まれた。味わうように口の中を舐められ、誘うように舌先に触れられて、美渚はおずおずと彼と舌を絡めた。徐々に激しくなるキスに夢中になっているうちに、彼の手が胸の形をなぞりながらゆっくりとなで回す。

「吉野さ……」

彼の手が焦れったいような動きで脇腹を滑り降り、ニットとキャミソールの下に滑り込んだ。そして背中に回され、ブラジャーのホックがぷつりと外される。浮き上がったブラジャーの下を彼の手が這い、柔らかな膨らみを包み込んで、優しく曲線をなぞり始めた。

ときおり手のひらが先端に触れて、そのたびに体の芯がじんと痺れて、もどかしいような切なさを覚える。

「はぁ……あん……」

ねだるような吐息混じりの声が漏れた。キャミソールとブラジャーをたくし上げられ、胸を露わにされて、羞恥心を覚える。

「吉野……さん」

美渚の戸惑ったような声を聞いて、蒼介が上目遣いに美渚を見た。その色気のある眼差しに、美渚の心臓がドクンと鳴る。

「すごくキレイだ」

蒼介の低い声が聞こえたかと思うと、膨らみに彼が口づけた。温かく濡れた舌が肌の上を這い、やがて頂に達してそれを絡め取る。

「あぁぁっ……」

チュッと強く吸い上げられ、舌で嬲られ、甘噛みされて、その刺激に頭に血が上り、体の奥が甘く疼いてたまらない。

「あぁ……はぁ……ん……」

彼の手がウエストから腰をなぞり、フレアスカートの下に忍び込んだ。焦らすような動きでゆっくりと肌をなで上げ、太ももの付け根をなぞる。

「あっ」

背筋がびくんとして、反射的に脚を閉じてしまった。

「怖い？」

蒼介が低い声で問いかけて、美渚の唇にキスをした。

「ごめ……なさ……。吉野さんのことは……怖くないです……」

「じゃあ、名前で呼んで」

「……蒼介さん」

美渚が小声で呼ぶと、蒼介が微笑んだ。

「美渚」

「蒼介さん」

「美渚、好きだ。大好きだよ」

彼に蕩けそうな声で言われて、美渚の体から力が抜けた。美渚の膝を割るように蒼介が片膝を入れて、美渚の太ももをなでる。彼の指先が徐々に移動して、ショーツの上をなぞり始めた。

「ひゃ」

彼の指先が一番敏感な箇所に触れ、意に反して腰が跳ねた。

「どうしよ、恥ずかし……」

「大丈夫。恥ずかしがる暇なんてないくらい、啼かせてあげるから」

蒼介が言って艶っぽく微笑んだ。初めて見る表情に、ドキンとして美渚の鼓動が速くなる。彼の唇が美渚の唇に重なったかと思うと、彼の指がショーツの脇から差し込まれ、入り口をそっとなぞった。

「んんっ」

すでに潤っているそこに触れられ、中から熱いものがあふれてくるのが自分でもわかった。その蜜をまといながら、彼の指がゆっくりと前後に動く。敏感な尖りに触れられて、美渚の脚がびくんと震えた。

「やぁんっ……」

思わず大きな声を上げてしまい、恥ずかしくて目をギュッとつぶった。それ以上声を漏らすまいと、唇をキュッと引き結ぶ。

「声、我慢しなくていいよ」

蒼介の声が遠ざかったかと思うと彼が体を起こした。するするとショーツを脱がされ、右脚を持ち上げられた直後、さっき指先でいじられていたところに、今度は柔らかなものが触れる。

「えっ」

ハッとして目を開けたら、蒼介がそこに舌を押し当てていた。

「やっ、それっ……ダメ、ですっ」

声を上げたが、蒼介はやめるそぶりもなく、感じるところを尖らせた舌先で刺激する。

脚が勝手に震えて、文字通り腰が砕けそうな刺激に、美渚の唇から泣きそうな声がこぼれる。

「あ、あん……やだぁ……」

「イヤなの？」

彼が意地悪くささやきながら、たっぷり潤ったところにゆっくりと指を沈めた。

「きゃ、んっ」

身構える暇もなくほぐすようにじっくりと中をなでられ、もっとしてほしい、という気持ちが湧き上がってくる。

「まだイヤだって思ってる？」

蒼介が言いながらぐるりと指を動かした。その瞬間、ビリッとした刺激が背筋を駆け上がり、喘ぎ声が漏れる。

彼がふいに胸の膨らみに唇で触れた。先端を口に含まれ、甘噛みされて、ピリピリとした快感が込み上げてくる。

「教えて」

彼の息に肌をくすぐられ、どうしようもなく体が熱くて、鼓動が全身に響く。

「ヤ、じゃ……ない」

　美渚は喘ぎながら言葉を紡いだ。

「もっと？」

「ん……もっと……して、ください」

　ささやくように答えた直後、中で蠢く長い指がゆっくりと二本に増やされた。感じるところを弱く強く攻められ、淫らな水音が高く響く。同時にすっかり紅くなった胸の尖りを柔らかな舌で舐めしゃぶられて、恥ずかしいという気持ちが薄れ、徐々に目の前が白く染まり始めた。

「はあっ……なにこれ……どうしよ……おかしくなっちゃ……」

　途切れ途切れに言葉を発しながら、美渚は大きく仰け反った。体の奥から愉悦が膨れ上がり、全身の血が沸騰しているみたいに熱くて頭がクラクラして、もうなにも考えられない。

「あぁっ……やっ……ダ、メーッ……！」

　頭の先まで電流のような刺激に貫かれ、美渚の体がぴんと張り詰めた。嵐のような激しい快感が体中を駆け巡り、荒い息をしながらぐったりとベッドに身を預ける。

　蒼介が美渚の隣に体を横たえ、愛おしむように髪をなでた。彼女の呼吸が少し落ち着いてきたのに気づき、ゆっくりと体を起こす。

「美渚はもう俺だけのものだからな」

蒼介が片方の口角を引き上げて笑った。その表情はゾクリとするほど野性的で色っぽい。彼が、力の抜けたままの美渚から、ニットとキャミソール、ひっかかっていたブラジャーを脱がせ、乱れていたスカートもはぎ取った。続いて彼が自分のニットを脱いだのを見て、美渚は小さく息を呑んだ。

「なに？」

ほどよく盛り上がった胸板と引き締まった腹筋、そして筋肉質な腕を見て、美渚はつぶやくように問う。

「どうしてそんなに逞しいんですか……？」

「パティシエって意外と肉体労働なんだよ」

蒼介は小さく笑みをこぼした。そうして自分の服をすべて脱ぎ捨てる。ベッドサイドの引き出しに手を伸ばして四角い避妊具の袋を取り出した。それを咥えて嚙み切る仕草にも色気を感じて、美渚はドキドキしてしまう。彼はそれを手早く装着して美渚に肌を重ねた。

彼の肌はしっとりしていて温かくて……緊張するのに安心する。

「いくよ」

膝裏を持ち上げられ、割れ目に硬いものが押し当てられた。まつげを伏せた彼の顔が迫ってきて、唇にキスを落とされた直後、ぐっと中に押し込まれる感覚があった。下腹部に強烈な違和感を覚えて、美渚の呼吸が浅くなる。

「んぅ……」

美渚がギュッと眉を寄せたのを見て、蒼介が動きを止めた。

「力、抜ける？」

蒼介が言って美渚の唇にキスをする。唇をなぞっていた彼の舌が口内に侵入し、美渚の舌を絡め取った。熱いキスに意識を奪われかけたとき、蒼介が美渚の体をしっかり抱いて腰を進めた。

「ふ……あぁ」

押し入ってきた重量感と圧迫感に、美渚は苦しげな息を漏らした。

「痛い、か？」

蒼介が気遣うように言い、美渚は小さく首を振った。

「大丈夫……です」

「美渚が……俺の腕の中にいてくれて、すごく嬉しい」

彼が動きを止めたまま、悩ましげな表情でささやいた。

「蒼介さん……好き」

美渚が潤んだ瞳で喘ぐようにつぶやき、蒼介が眉根をギュッと寄せる。

「そんな顔して言われたら……これ以上我慢できそうにない」

「が……我慢しないでください」

「言われなくても、美渚がかわいすぎてもう無理」

彼の声がした直後、奥までずんと突かれ、背筋をビリビリとした刺激が駆け抜けた。

「ああぁっ」

彼が腰を引いて、はち切れそうな圧迫感から解放されたのも束の間、再び突き上げられて、甘い悲鳴が漏れる。

「やぁっ、ダメ……」

角度を変え、何度も中をこすり上げるように突き上げられて、声を抑えることができない。

「あぁ……私っ……どうしよ……」

さっき感じたような甘い痺れが高まってきて、体の中でまた爆発しようとしているのを感じる。

「いいよ、俺を感じて。いっぱいイッて」

熱を孕んだ低い声でささやかれ、美渚は無我夢中で彼にしがみついた。美渚を揺さぶる彼はどこまでも情熱的だ。

「蒼介さんって……フォンダンショコラみたいって思ったけど……あったかいんじゃない……甘くて熱くて……蕩けちゃいそう……」

今にも飛びそうな意識の中、美渚がつぶやき、蒼介がかすれた声で答える。

「全部……蕩けさせてあげる……」

そう言った彼の表情も切羽詰まっていて、ほどなくして彼の言葉通り、美渚は身も心もガナッシュより熱くトロトロに溶かされたのだった。

第十五章　味見係は一生の任務!?

そうして蒼介と付き合い始めてから三ヵ月が経った一月下旬のある日。早番の仕事のあと、美渚は彼女の部屋で蒼介と一緒に夕食を食べていた。

「うん、やっぱり美渚の作るハンバーグが一番好きだな」

ローテーブルの隣に座る蒼介が最後の一口を食べ終え、満足そうに言って箸を置いた。

「ありがとう。もっと研究して上手になるからね」

付き合い始めてすぐに、蒼介に敬語を使うのをやめるよう言われた。最初はぎこちなかったものの今ではすっかり慣れて、彼との仲がさらに深まった気がする。

「楽しみにしてる」

蒼介が笑い、二人で「ごちそうさま」と食事を終えた。

「明日は一緒に休みだよね。蒼介さんはどこに行きたい？」

美渚が言うと、蒼介が左手を伸ばして美渚の腰に絡めた。そのまま引き寄せて、美渚を膝の上に横向きに座らせる。

「そうだなぁ。一日中フォンダンショコラを食べるっていうのはどう？」

蒼介がいたずらっぽく言い、美渚は目を丸くする。

「ええっ、いくら好きでも三個が限界」

「そうじゃなくて……美渚は前に俺をフォンダンショコラに喩えたことがあっただろ。だから」

蒼介が目を細め、美渚の耳元でささやく。

「じゃあ、一日中……蒼介さんを食べるってこと……？」

自分で言葉にしておきながら、恥ずかしくなって美渚は頬が熱くなった。

蒼介と一日中肌を重ねていたら、彼の激しさと熱さでぐずぐずに溶けてしまいそうだ。

「イヤ？」

そうやって甘い声で言われて抵抗できたためしがない。

「イヤって言えないの、知ってるくせに」

美渚が頬を染めたまま軽く睨むと、蒼介が彼女の後頭部に右手を添えた。

「じゃあ、本当はイヤって言いたいんだ」

言いながら美渚をそっとフローリングに押し倒した。

「知らない」

美渚がつんと横を向いたとたん、首筋に蒼介が舌をぺろりと這わせた。

「あぁんっ」

美渚の口から高い声が漏れる。

「イヤならちゃんとそう言えばいい。いつでもやめてあげるから」

蒼介が低い声で意地悪くささやきながら、美渚の額へ、眉間へ、鼻先へと軽くキスを落とす。次は唇にキスしてくれるのかと思ったのに、彼の唇は顎へと移動した。

「んー……」

吐息がこぼれた唇に、彼の唇がそっと重なる。誘うように舌で唇をなぞられて、美渚の体が小さく震えた。

「ふあっ……」

続いてラウンドネックのニットから覗く首筋に彼の唇が触れて、彼の唇がニットの襟をなぞるように鎖骨の下へと移動した。同時にうなじを指先でなぞられて、反射的に背筋が反る。

「はぁ……あん……」

蒼介の手がニットの下に忍び込み、素肌をなで上げた。立てた指先でブラジャーの上から掻くように胸を刺激する。

「んっ」

もどかしいくらいのタッチで先端を刺激され、直接触れてほしい、と思う。

「そ……すけさん」

「なに？」

蒼介が艶っぽく微笑みながら、下着の上から美渚に触れ続ける。

「そ……んなんじゃ……やだ」

「じゃあ、どんなのがいい？」

その間にもブラジャーの上から胸を包み込まれ、膨らみを持ち上げるように揉まれる。

それが焦れったい。

「さ……触ってほしい」

美渚は潤んだ目で訴えるように言った。

「今も触ってるよ」

蒼介の口調はどこまでも意地悪だ。

「ちょ、直接……蒼介さんの手で触れてほしいの」

そんなふうに具体的に伝えたのは初めてで、恥ずかしくてもう目を開けていられない。

美渚は潤みそうになる目をギュッとつぶった。

蒼介の手が背中に回り、ブラジャーのホックを外した。下着を押し上げるようにして蒼介の手が滑り込む。

「こう？」

優しくなで回していた指先が、胸の膨らみに沈み込む。徐々に強く揉みしだかれ、美渚の肌が熱を帯びていく。いつもしてくれるみたいに、唇でも舌でも嬲られたい。

　彼がくれる甘い刺激を求める気持ちが、少しずつ羞恥心を消していく。

「あ……ん……キ、キスも……してほしい」

「こんなふうに?」

　蒼介にニットと下着をたくし上げられたかと思うと、温かく湿ったものが胸の膨らみを這った。そうして先端を唇に含まれ、舌先で転がされて、美渚の羞恥心がついに消え去る。

「あぁっ……ん……そう……」

　彼に触られて気持ちいい。彼にキスされて気持ちいい。でも、彼にも同じように感じてほしい……。

　美渚はそろっと手を伸ばして、蒼介のニットの裾をつかんだ。そこから手を入れて、蒼介の引き締まった脇腹に触れる。蒼介が驚いたように体を震わせ、美渚の胸の頂を甘噛みした。

「ひゃんっ」

　美渚は背中を反らしながらも、蒼介の脇腹をなで上げた。彼がこぼした熱い吐息にくすぐられ、美渚の肌が泡立つ。

「明日じゃなくて……今すぐ蒼介さんを食べたい」

　たまらず漏らした美渚のつぶやきに、蒼介が顔を上げた。

「すごい誘い文句だな」

妖艶に笑って美渚の唇にキスを落とした。美渚は蒼介の首に両腕を絡め、彼の唇を貪る。もう彼がほしくてほしくてたまらない。

夢中でキスを繰り返しているうちに服を脱がされ、彼も同じように裸になって美渚を引き寄せた。

「おいで、美渚」

蒼介がベッドの縁に腰掛け、美渚に彼の太ももを跨がせた。美渚は頬を赤くして彼にしがみつく。彼の手のひらが腰に触れたかと思うと、ゆっくりとなで下ろした。その手が丸いお尻の間を滑り降り、クレバスをゆっくりとなぞる。

美渚がびくりと体を震わせ、蒼介の反対の手が美渚の後頭部に回された。引き寄せられて彼と唇を重ねる。舌を絡ませ合いながらも、彼の指先が確かめるように割れ目の周囲を前後になぞった。それに応えるように熱いものが体の中からあふれて彼の指にまといつく。

「こんなに濡れてる」

彼が小さく笑って、つぷりと指を差し込んだ。

「あんっ」

長い指をゆっくり抜き差しされて、みだらな水音が少しずつ高くなっていく。美渚は自分の下腹部が彼を求めてうねるように収縮するのを感じた。

「そ……すけさ……」

「俺がほしい？」

　蒼介が唇を触れ合わせたままささやいた。

「……ほしい」

　蒼介の手が片方の膝裏に触れたかと思うと、脚を持ち上げられた。彼に導かれながら、彼の昂ぶりをゆっくりと中に受け入れていく。押し広げるように侵入してくるその感覚に、腰から電流が駆け上り、背筋が反る。

「ああっ……はぁ……」

　彼と一つになった感覚に、うっとりと吐息を漏らした。目の前では蒼介が誘うように熱っぽく見つめている。

「俺を食べるんだろ？　美渚が動いて」

「え」

「美渚が気持ちいいって感じるように動いてごらん」

　蒼介が美渚の腰に両手を当てて、催促するように腰を揺らした。

「は……」

　中をこすられ、ずくんとした疼きに美渚の体中が熱くなる。

「ほら」

「やあぁんっ」

彼に下から突き上げられ、奥までずんと響いて、たまらずのけぞった。腰を引き寄せられ、胸の尖りに蒼介が舌を這わせる。舌先で舐められ、押しつぶされるたびに、それは赤く艶やかに熟れていく。

「私が……食べるんじゃ……」

蒼介に翻弄されるまま、切なげに眉を寄せた。彼が挑発するような笑みを浮かべて、ゆっくりと腰を回す。

「ん……はあぁっ……」

中をじっくり掻き回され、美渚の背筋をビリビリとした衝撃が駆け上がった。

「も……ダメ……」

美渚は切なげに吐息を漏らした。彼のリードに合わせて腰を揺らす。リズムが重なって、体を動かすたびに彼を感じて、淡い快感が何度も背筋を走る。

「どうしよ……すごくっ……いい」

「ああ……美渚を感じるよ」

蒼介が耐えるように眉を寄せて、喘ぐように言った。彼が美渚のお尻をぐっとつかんで腰を寄せ、つながり合っている部分がこすられて、さらに快感が増す。

「あぁ……そんなの……やぁあっ……ダメぇ……」

全身で彼を感じて、たまっていた熱い疼きが今にもはぜそうになる。体がばらばらになりそうで、美渚は彼の首にしがみついた。

「あぁぁっ、蒼介さぁんっ」

愛しい人の名前を叫んだ直後、彼に強く抱きしめられて最奥を穿たれ、二人で絶頂に達した。

「美渚っ……」

「蒼介さん……」

荒い息をしたまましばらく二人で抱き合っていたが、やがて蒼介が美渚の背中とお尻に手を回し、そっと抱き上げてベッドに寝かせた。美渚の顔を囲うように両側に肘をついて、愛おしむように髪をなでる。

「好きだよ」

蒼介がほてった肌を重ねて、美渚の唇に口づけを落とした。余韻に浸るような穏やかなキスを繰り返し、ようやく快感の波が収まった頃、美渚の隣に横になって彼女を腕枕した。

「蒼介さん……」

美渚はしっとりと汗ばんだ肌のまま、彼に体を寄せた。蒼介が腕枕した手で背中をゆっくりとなでる。くすぐったくて美渚がふふっと笑みをこぼしたとき、蒼介の手がぴたりと止まった。逆の手で美渚の顎をつまむ。

「美渚」

彼の口調が突然深刻そうなものに変わり、美渚は余韻が抜けきらずぼんやりした頭のまま、彼を見た。

「なぁに？」

「少し……俺を待っててくれるだろうか」

「待つってどういう意味？」

「来月の中旬から三ヵ月間、パリのラ・トゥールに修業に行くことになったんだ」

「ええっ」

美渚は思わず片肘をついて起き上がった。

「それってすごいことなんでしょ？」

ラ・トゥールでは二年に一度、全国のパティシエ、パティシエールの中から、将来性があると判断された者が一人選ばれて、パリに研修に行けるという制度がある。渡航費や寮の滞在費は会社持ちで、本場パリのパティスリーで修業できるため、ラ・トゥールのパティシエやパティシエール、見習いなら、誰もが一つの目標にしている。

「技術を磨く大きなチャンスなんだ。行ってもかまわないかな？」

蒼介が真剣な表情で言った。美渚は笑顔を作ってうなずく。

「もちろん」

湧き上がってきた寂しさを気取られないよう、顔を近づけて彼の唇にチュッとキスをした。蒼介が両手で美渚を抱きしめる。

「三ヵ月、待っててほしい。帰ってきたら最高の笑顔になれるようなケーキを食べさせてあげるから」

「なんか、それ、鼻先にニンジンをぶら下げられてるみたい？」

美渚は心細さを隠すように、わざとふざけた口調で言った。

「まあ……ケーキをちらつかせれば待っててくれるかな、と思わなかったと言えば嘘になるな」

「私が蒼介さんを好きなのは、おいしいケーキを作ってくれるからだけじゃないのに」

美渚が不満げに言い、蒼介は彼女の肩に顔をうずめた。

「俺だって、美渚を好きなのは、俺の作ったケーキをおいしそうに食べてくれるからだけじゃない」

その声が少し沈んでいて、彼も寂しいんだな、とわかった。美渚は顔を起こして、彼の頬を両手で挟んだ。

「わかってる。蒼介さんのことが好きだから、大人しく待ってるね」

彼の唇に想いを込めてキスをした。蒼介が嬉しそうに微笑み、美渚を腕に抱いたままくるりと向きを変えて、彼女に覆い被さった。

「三個は食べられるんだろ?」

彼がニヤリと笑い、美渚は目を見開いた。下腹部に触れていたものが、もう熱く硬くなっている。

「い、今、食べたとこっ」

蒼介が美渚の髪を梳くようにして一房つかみ、毛先にそっと口づけた。

「かわいい美渚、大好きだ」

蕩けそうに甘い声で言われて、美渚はもう二個目を食べる気になっていた。


それから二週間後、蒼介はパリに旅立った。だが、『メールは嫌いだから』と言っていた通り、ほとんどメールをくれない。おまけに時差もあって、寮で現地のパティシエとルームシェアをしている蒼介には、気軽に電話を掛けられないのだ。

(蒼介さんががんばってるのに、弱音を吐いちゃダメだよね)

そう自分を励ましていたが、二ヵ月も経てば寂しさが募ってくる。母や姉二人からも、『彼が戻ってきたら絶対に紹介しなさいよ!』と催促する電話やメッセージが届くのだから、なおさらだ。

そんなある日、昼食休憩に出ようと売り場を離れたとき、一人の女性に声をかけられた。

「香月さん」

振り返って美渚は驚いた。ネイビーのワンピース姿の沙希子が、ふっくらと大きなお腹をして立っていたのだ。

「えっ、井原さん!?」

美渚は思わず声を上げてしまい、あわてて片手で口を押さえた。目の前の沙希子は、記憶にある取り乱した表情とは百八十度違う落ち着いた表情をしている。

「今から休憩ですか？」

沙希子が美渚に言った。

「はい」

「もしよかったら、一緒にカフェでランチしませんか？」

「いいですよ」

その日はお弁当を買ってきていなかったので、美渚は更衣室に行ってカーディガンを取って羽織ると、沙希子とともに三葉百貨店の近くにあるカフェのチェーン店に入った。パンを選んでカウンターでドリンクを注文し、空いている窓際の席に並んで座った。

「本当はもっと早くに来ようと思ってたんですけど、お互いの親への挨拶とか入籍とか、いろいろあって……」

沙希子が切り出し、美渚は顔を輝かせた。

「じゃあ、波田中さんとご結婚なさったんですね!?　おめでとうございます！」

「ありがとうございます」

「結婚式はいつされたんですか？　波田中さん、なにも言ってくださらないから……」

「式は出産後に子連れでしようかと思ってます」

沙希子がはにかんだ笑みを浮かべたが、すぐに申し訳なさそうな表情になった。

「今日おうかがいしたのは、香月さんに改めて直接謝りたいと思ったからなんです。五ヵ月前は誤解をして、あなたにひどい言葉で食ってかかってすみませんでした」

「あ、そのことでしたら気にしてませんから」

美渚は言って、カフェオレのカップを手に取った。

「本当にごめんなさい」

「大丈夫ですから」

美渚は沙希子を安心させるように笑みを浮かべた。

「ありがとうございます」

沙希子もホッとしたように微笑んで礼を言い、サンドウィッチに手を伸ばした。

美渚がメロンパンを食べていると、しばらくして沙希子が口を開く。

「吉野さんは今、パリに行かれてるんですよね？」

「はい」

「帰ってくるまであと一ヵ月ですか……。寂しいでしょうね」

美渚はメロンパンを下ろして小さく息を吐いた。

「正直言うと……寂しいです」

蒼介のいない間、ラ・トゥール神戸店にはほかの店舗から順番に応援のパティシエやパティシエールが来てくれるので、業務の方はなんの支障もない。けれど、厨房を覗いたときや食堂に行ったときに彼の姿がないこと、それになにより会いたいと思っても会えないことが、ものすごく寂しかった。

沙希子がいたずらっぽく言う。

「でも、浮気しちゃおうとか考えちゃダメですよ」

「う、浮気だなんてそんな」

沙希子の夫である一樹のことを考えると、なかなかきわどい冗談だ。

「吉野さんは香月さんにベタ惚れみたいだから」

「どうしてそう思うんです？」

美渚の問いかけに、沙希子がオレンジジュースを一口飲んで答える。

「私があなたたちを訪ねていった日、別れ際に吉野さんが一樹に言った言葉が、それを物語っているじゃないですか」

沙希子が言っているのは、五ヵ月前、東遊園地から出るときに、蒼介が美渚の肩を抱いたまま一樹にささやいた言葉のことだ。

「それなんですけど……気になって何度か彼に訊いたんですが、『絶対に言わない』って言って、結局教えてくれなかったんですよねー」

美渚の言葉を聞いて、沙希子が驚いたように目を見開いた。

「えっ、あんなステキな言葉を教えてくれなかったんですか？　吉野さんって意外と照れ屋なんですねぇ」

「照れ屋……」

美渚は蒼介に『教えて』とせがんだときの彼の顔を思い出した。蒼介は怒ったように頬を染めていたが、あれは恥ずかしがっている顔だった。

「井原さ……あっと、波田中さんはご存じなんですよね？　教えてください」

美渚に期待に満ちた眼差しを向けられ、沙希子は微笑んで答える。

「『俺なら絶対に好きな女を裏切ったりしない。俺が美渚のことを大切に想うくらい、あんたも誰かを大切に想って幸せにしてみろ』って言ってたんですって」

その言葉を聞いたとたん、今までの寂しさが吹き飛んで、美渚の胸がじわじわと温かくなってきた。

（あのとき、蒼介さんってばそんなことを言ってたんだ……。どうしよう、ますます会いたくなっちゃったよぅ）

その気持ちを抱いたまま、美渚は沙希子としばらく他愛ない話をしたあと、別れて仕事に戻った。

その日、仕事帰りの地下鉄の中で、美渚は沙希子が訪ねてきてくれたことを蒼介にメールした。『たまには声を聞かせてくれないと泣いちゃうぞ』と書き添えたものの、彼から返事はなかった。

（まぁ、いつものことだよね。私が一方的に出来事を書いたメールを送って、それで終わり）

けれど、今回は珍しく夜十時前に彼から電話があった。スマホの画面に蒼介の名前を見つけて舞い上がりそうになり、すぐに通話ボタンをタップした。

「蒼介さん、どうしたの？」

『どうしたのって……。泣いちゃうなんてメールが来たから心配したのに、電話する必要はなかったのか？』

電話の向こうから、腑に落ちないと言いたげな声が聞こえてきた。こうして会話するのは二ヵ月ぶりなのに、と美渚は内心苦笑する。

「そんなわけないよ。すごく嬉しい。でも、フランスは今、午後三時くらいでしょ？」

『ああ。休憩中だよ』

「わざわざ電話してくれて、ありがとう。すごく嬉しい」

『大人しく待ってるって言ってたのに。あと一ヵ月我慢できないのか？』

「できない。早く会いたい」

美渚の甘えた声に、しばらく沈黙があった。やがて蒼介がぼそっとつぶやく。

『俺だって会いたいよ』

その低い声を聞いたとたん、美渚の胸がキュンッと音を立てた。彼も同じことを思ってくれているんだとわかって、抑えようもなく顔がほころんでいく。

「あー、やっぱり私、蒼介さんのことが好きなんだぁ」

（彼のたった一言にこんなにも幸せを感じちゃうなんて）

通話口からは蒼介の不満そうな声が返ってくる。

『やっぱりってなんだよ、それ。離れてたら気持ちも離れるとかいうのはなしだぞ』

「そんなわけないよー」

美渚がクスクス笑っていると、小さな咳ばらいが聞こえ、蒼介の低い声が言った。

『俺はいつだって美渚のことを想ってるよ』

その言葉がどうにもくすぐったくて嬉しくて、美渚は身もだえしそうになる。

「私もだよ！　蒼介さん、好き！　大好き～！」

ニヤけた美渚の声に、照れ隠しのぶっきらぼうな声が返ってくる。

『そろそろ仕事に戻るからな』

「うん。また声を聞かせてくれたら嬉しいな」

『わかったよ。それじゃあな』

　それだけの短い電話だったが、美渚は温かな気持ちでスマホを胸に抱いた。


　それから一ヵ月後、待ちに待った蒼介の帰国の日、美渚は勤務が終わるとすぐに彼の部屋に向かった。

（夕方に到着する便だったはずだから、二時間くらい前には帰ってきてるよね～）

　合い鍵をもらっているので勝手に入ることもできたが、彼のマンションのエントランスで、ドキドキしながら番号を押した。呼び出しボタンを押すと、カチッと受話器を上げる音がして、蒼介の愛想のない声が聞こえてくる。

「なんだ、美渚か。合い鍵を持ってるんだから、入ってくればいいのに」

　そう言いつつも蒼介が解除してくれたドアからエントランスに入った。

（わかってないなぁ。部屋のドアを開けたら目の前に蒼介さんにいてほしいのに）

　とはいえ、電話もろくにくれない彼だ。そんな期待をしても無駄だろうと思いながら、エレベーターで二階に上がり、彼の部屋の玄関扉に鍵を差し込んだ。

「蒼介さん、おかえ――」

　言いながらドアを開けたとたん、目の前に彼の姿があって驚いた。

「おかえり、美渚」

カジュアルなホワイトシャツにネイビーのジーンズ姿の彼が、にっこり笑って両手を広げた。

「え、あ。出迎えてくれるなんて」

「当たり前だろ」

そう言った彼が美渚の背中に両手を回し、ぎゅうっと抱きしめた。彼の腕の中に、息ができないくらい強く閉じ込められて、美渚は喘ぐような声を漏らす。

「蒼介さん……嬉しいけど、苦し……」

「ああ、ごめん」

彼の声が聞こえて抱きしめる力は緩んだものの、今度はキスで唇をふさがれる。

「ん……」

貪るように口づけられて、パンプスも脱げない。ようやく彼の唇が離れたとき、美渚は大きく息を吐いた。

「美渚に会いたくてたまらなかった」

蒼介に会えたことはもちろん、彼のその言葉にも胸が震えてしまう。

「私も」

しばらく見つめ合って、ただ微笑みをかわした。

やがて蒼介が美渚の手を握って言う。

「美渚に新作ケーキを食べてもらおうと思って、作って待ってたんだ」

蒼介が一歩下がったので、美渚はパンプスを脱いで廊下に上がった。本当はこのまま抱き合ってしまいたいくらい彼に飢えていたが、帰国したら『最高の笑顔になれるようなケーキを食べさえてあげる』と言われていたのを思い出した。

「どんなケーキかな」

美渚は蒼介の修業の成果にワクワクしながら、リビング・ダイニングに入った。ハンドバッグをソファに置いて、手を洗ってカウンターの前のスツールに腰を下ろす。

蒼介が冷蔵庫を開けて、白い角皿を取り出した。美渚の目の前に置かれたそれには、長方形のチョコレートケーキがのっている。側面を見るといくつもの層になっていて、見た目はフランスの伝統的なチョコレートケーキ、オペラに似ている。でも、艶のある表面には、ホワイトチョコレートでVeux tu m'épouser? と文字が書かれていた。

「これ、なんて書いてあるの？」

「ヴ・テュ・メプーゼー？」

蒼介が言って、照れたように唇を引き結んだ。

「意味は？」

美渚がきょとんとして見つめ、蒼介の頬が赤く染まった。彼はそれを隠すように手で口元を覆って、ブツブツと言う。

「英語にすればよかったか」

「英語だとどうなるの？」

美渚の問いかけに、蒼介が不機嫌そうに答える。

「もういいよ、さっさと食べろ」

「えーっ、食べたら意味を調べられないじゃない！」

美渚は立ち上がって、ソファの上に置いたバッグからスマホを取って戻ってきた。辞書アプリを立ち上げて文字を打ち込もうとしたが、それより早く蒼介がフォークを取り上げ、文字の部分をすくい取って美渚の口に押し込んだ。

「む」

アーモンドパウダーのコクのある生地と濃厚なガナッシュが蕩けるような味わいだ。

「どうしよう、このおいしさは国境を越えちゃう！」

美渚は目を細めて幸せそうに言い、蒼介が彼女の手からスマホを抜き取った。

「またわけのわからない感想を言う」

そう言いながらも、蒼介は美渚の顔を見て微笑んだ。美渚は名残惜しそうに小さく唇を出して上唇を舐める。

「あー、でも、なんて書いてあったのかわからなくなっちゃった」

美渚の言葉を聞いて、蒼介はスツールに座った。そうして意を決したように言葉を紡ぐ。

「その笑顔を見せるのは俺だけにしろよな」

「うん、そうする」

美渚があっさり答え、蒼介が焦れったそうに言う。

「だからぁ……俺の新作を一番に食べるのは美渚だからな」

「やったぁ、嬉しい！」

蒼介は苦笑して、フォークでケーキをすくうと美渚の口元に近づけた。美渚はあーんと口を開けて、舌の上に落とされたケーキをじっくりと味わって食べる。

（蒼介さんの新作は……私がずっとずっと一番に食べたいなぁ……）

濃厚なチョコレートの味が喉の奥に消えたとき、美渚は蒼介をじっと見た。

「ねえ、それっていつまでかなぁ？」

「いつまでってなにが？」

美渚は上目遣いになって指先をもじもじさせながらつぶやく。

「私に……一番に食べさせてくれるの……」

「俺は一生のつもりだ」

彼にキッパリと言われて、美渚はドキンとした。

「それってもしかして……」

うかがうような美渚の口調を聞いて、蒼介が小さくため息をついた。

「いいかげん、わかれよな。さっきのはWill you marry me?って意味だ！」

「えー、そうだったの？　わかんなかった。今度は日本語で言ってほしいなぁ」

美渚が甘えるように見上げ、蒼介はふてくされたように言う。

「一生俺の味見係にしてやる」

「なに、その鬼パティシエな言い方！」

美渚はぷっと頬を膨らませた。蒼介は片手で前髪をくしゃくしゃと掻き回していたが、やがて顔を上げて、おもむろに言葉を紡ぐ。

「誰よりも愛してる。美渚をずっと笑顔にする。だから、一生俺のそばにいてほしい」

「蒼介さん……ありがとう。ずっとそばにいさせてください」

美渚は目頭が熱くなり、なんとか笑顔を作ったが、蒼介の方はすでに真っ赤だ。

「こんなに恥ずかしいことを言わせたんだから、覚悟しろよ。あとで思いっきり啼かせるからな」

「あとでじゃなくて、今でもいいよ」

美渚が蒼介に抱きつくと、蒼介が彼女をしっかりと抱きしめた。

「じゃあ、明日の朝まで寝かせないけど、いいんだな」

蒼介がわずかな笑みとたっぷりの熱情を孕んだ声で言い、美渚を横抱きに抱え上げた。

「え、でも、ケーキも食べたいから朝までは――」

無理、と抗議の声を上げた唇は、彼のキスでふさがれた。そのままベッドに運ばれ、蕩けるようなキスをされるうちに、それもいいかも、なんて思ってしまう。

三ヵ月間の寂しさを埋めるように熱く激しく唇を重ねていると、蒼介の体温を感じて、彼がそばにいる喜びに胸が震えて泣いてしまいそうだ。

（蒼介さん、大好き）

その気持ちを込めて蒼介にしがみついたら、彼が同じように強く美渚を抱きしめた。

「一生大切にするよ」

そうささやいた蒼介の声は、今まで食べたどんなスイーツよりも甘く蕩けそうだった。

【END】

あとがき

はじめまして、の方も、お久しぶり、の方もいらっしゃるでしょうか。このたびは『フォンダンショコラ男子は甘く蕩ける』をお読みいただきまして、ありがとうございました！

本作の元になったプロットは、ずいぶん前に書いたものの、同時に書いた別のプロットの方を先にお話にすることになり、パソコンのフォルダで寝かせっぱなしになっていたものです。そのおかげか（違うと思う）、いいあんばいに漬かりまして（もっと違う）、元のプロットとは全然違うお話に仕上がりました（おーい）。

恋愛経験値ゼロの主人公・美渚は、イケメン営業マンに優しい笑顔で甘い言葉をかけられ、すっかり舞い上がってしまいます。でも、本物の恋は思ったところにはなく……。一方の蒼介は、甘いスイーツは作れるのに、甘い言葉を言うのは苦手。そんなわけで、美渚との仲はなかなか進展しません。こんな二人にやきもきしつつ、いったん心を通わせたら蕩けるように甘くなった二人の恋を、みなさまにもお楽しみいただけたなら本当に嬉しいです。

フリーターをしてたとき、デパ地下のパティスリーでアルバイトをしたことがあります。そのときの営業さんは、イベントのときには特別なスイーツを私たちアルバイトや派遣社員によくくれたものです。そんな彼は……私より背の低い、いいおじさんでした（笑）。

文庫化にあたり、少し加筆修正をしています。また、今回も蜂不二子先生が美麗なイラストを描いてくださいました。おいしそうなスイーツ、不器用に恋を育む二人、蕩けそうに熱いシーン。ステキなイラストをみなさまにお届けできるのを本当に楽しみにしていました。

最後になりましたが、本作の出版にあたってご尽力くださいましたすべての方々に、心よりお礼を申し上げます。

そして本作をお手に取ってくださった読者のみなさま、本当にありがとうございます。読んでくださるみなさまの存在が、作品を書く一番のエネルギーです。

最後までお付き合いいただきまして、本当にありがとうございました。

ひらび久美

俺を欲しがって
くれてるみたいだ
彼は、私の心をとかす特効薬

君はそのまま
感じていればいい――
突然の出逢い、プロポーズ…

最新刊

銅(あかがね)ホールディングスの専務・銅綜馬は、仕事上の付き合いで出席したパーティで、ピアノを弾いていた柚木真名と運命の出会いを果たす。身寄りの無い19歳の真名と、地位も巨額の富も持つ綜馬。ふたりの恋は一見成就したかに見えたが、これまで住んでいた世界の違いからやがてスレ違いはじめ、お互いを思いやるがゆえに心は離れていく。そんな真名の心の中で、綜馬の弟で世界的なピアニストである龍成の存在が徐々に大きくなって…。巨大企業の御曹司兄弟と、ピアノを愛する少女の愛憎を描いた感動のラブストーリー。

鳴海澪〔著〕／、弓槻みあ〔イラスト〕
定価：本体660円＋税

本書は、電子書籍レーベル「らぶドロップス」より発売された電子書籍を元に、加筆・修正したものです。

フォンダンショコラ男子は甘く蕩ける

２０１７年１月３０日　初版第一刷発行

著…………………………………………………… ひらび久美
画…………………………………………………… 蜂不二子
編集……………………………………… パブリッシングリンク
ブックデザイン……………………………………… カナイ綾子
（ムシカゴグラフィクス）
本文ＤＴＰ…………………………………………… ＩＤＲ

発行人……………………………………………… 後藤明信
発行…………………………………………… 株式会社竹書房
〒102-0072　東京都千代田区飯田橋２－７－３
電話　03-3264-1576（代表）
03-3234-6208（編集）
http://www.takeshobo.co.jp
印刷・製本……………………………… 中央精版印刷株式会社

ISBN978-4-8019-0975-5　C0193
Printed in JAPAN